学生时代

执笔者：
鲁迅 茅盾 等

中国青年出版社

图书在版编目（CIP）数据

学生时代 / 鲁迅等著 . -- 北京：中国青年出版社，
2017.10
ISBN 978-7-5153-4968-8

Ⅰ . ①学… Ⅱ . ①鲁… Ⅲ . ①中国文学－现代文学－
作品综合集 Ⅳ . ① I216.1

中国版本图书馆 CIP 数据核字 (2017) 第 266521 号

责任编辑：申永霞
装帧设计：覆盖文创

*

中国青年出版社出版 发行

社址：北京东四十二条 21 号　　邮政编码：100708
网址：www.cyp.com.cn
编辑部电话：(010)57350501　门市部电话：(010)57350370
北京顺诚彩色印刷有限公司印刷　新华书店经销

*

889×1194　1/32　6.5 印张　150 千字
2018 年 3 月北京第 1 版　2018 年 3 月北京第 1 次印刷
印数：1—5000 册　定价：35.00 元
本书如有印装质量问题，请凭购书发票与质检部联系调换
联系电话：(010)57350337

鲁迅

（1881 — 1936），文学家、
思想家。

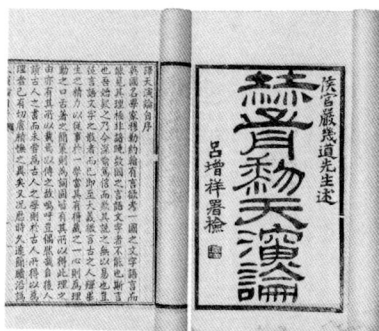

赫胥黎著《天演论》

《锁记》

锁记

——鲁迅

衍太太现在是早经做了祖母，也许竟做了曾祖母了；那时却还年青，只有一个儿子比我大三四岁。她对自己的儿子虽然狠，对别家的孩子却好的，无论闹出什么乱子来，也决不去告诉各人的父母，因此我们就最愿意在她家里或她家的四近玩。

举一个例说罢，冬天，水缸里结了薄冰的时候，我们大清早起一看见，便吃冰。有一回给沈四太太看到了，大声说道："莫吃呀，要肚子疼的呢！"这声音又给我母亲听到了，跑出来我们都挨了一顿骂，并且有大半天不准玩。我们推论祸首，认定是沈四太太，于是提起她就不用尊称了，给她另外起了一个绰号，叫作"肚子疼"。

衍太太却决不如此。假如她看见我们吃冰，一定和蔼地笑着说，"好，再吃一块。我记着，看谁吃的多。"

但我对于她也有不满足的地方。一回是很早的时候了，我还很小，偶然走进她家去，她正在和她的男人看书。我走近去，她便将书塞在我的眼前道："你看，你知道这是什么？"我看那书上画着房屋，有两个人光着身子仿佛在打架，但又不很像。正迟疑间，他们便大笑起来了。这使我很不高兴，似乎受了一个极大的侮辱，不到那里去大约有十多天。一回是我已经十多岁了，和几个孩子比赛打旋子，看谁旋得多。她就从旁计着数，说道："好，八十二个了！再旋一个，八十三！好，八十四！……"但正在旋着的阿祥，忽然跌倒了，阿祥的婶母也恰恰走进来。她便接着说道，"你看，不是跌了么？不听我的话。我叫你不要旋，不要旋……"

虽然如此，孩子们总还喜欢到她那里去。假如头上碰得肿了一大块的时候，去寻母亲去罢，好的是骂一通，再给擦一点药；坏的是没有药擦，还添几个栗凿和一通骂。衍太太却决不埋怨，立刻给你用烧酒调了水粉，擦在疙瘩上，说这不但止痛，将来还没有瘢痕。

父亲故去之后，我也还常到她家里去，不过已不是和孩子们玩耍了，却是和衍太太或她的男人谈闲天。我其实觉得很有许多东西要买，看的和吃的，只是没有钱。有一天谈到这里，她便说道："母亲的钱，你拿来用就是了，还不就是你的么？"我说母亲没有钱，她就说可以拿首饰去变卖；我说没有首饰，她却道："也许你没有留心。到大橱的抽屉里，角角落落去寻去，总可以寻出一点珠子这类东西……"

这些话我听去似乎很异样，便又不到她那里去了，但有时又真想去打开大橱，细细地寻一寻。大约此后不到一月，就听到一种流言，说我已经偷了家里的东西去变卖了，这实在使我觉得有如掉在冷水里。流言的来源，我是明白的，倘是现在，只要有地方发表，我总要骂出流言家的狐狸尾巴来，但那时太年青，一遇流言，便连自己也仿佛觉得真是犯了罪，怕遇见人们的眼睛，怕受到母亲的爱抚。

好。那么，走罢！

但是，哪里去呢？S城人的脸早经看熟，如此而已，连心肝也似乎有些了然。总得寻别一类人们去，去寻为S城人所诟病的人们，无论其为畜生或魔鬼。那时为全城所笑骂的是一个开得不久的学校，叫作中西学堂，汉文之外，又教些洋文和算学。然而已经成为众矢之的了；熟读圣贤书的秀才们，还集了《四书》的句子，做一篇八股来嘲诮它，这名文便即传遍了全城，人人当作有趣的话柄。我只记得那"起讲"的开头是：

"徐子以告夷子曰：吾闻用夏变夷者，未闻变于夷者也。今也不然：鸠舌之音，闻其声，皆雅言也……"

以后可忘却了，大概也和现今的国粹保存大家的议论差不多。但我对于这中西学堂，却也不满足，因为那里面只教汉文，算学，英文和法文。功课较为别致的，还有杭州的求是书院，然而学费贵。

无须学费的学校在南京，自然只好往南京去。第一个进去的学校，目下不知道称为什么了，光复以后，似乎有一时称为雷电学堂，很像《封神榜》上"太极阵""混元阵"一类的名目。

一进仪凤门，便可以看见它那二十丈高的桅杆和不知多高的烟囱。功课也简单，一星期中，几乎四整天是英文，一整天是读汉文："君子曰，颍考叔可谓纯孝也已矣，爱其母，施及庄公。"一整天是做汉文：《知己知彼百战百胜》论，《颍考叔》论，《云从龙风从虎》论，《咬得菜根则百事可做》论。

初进去当然只能做三班生，卧室里是一桌一凳一床，床板只有两块。头二班学生就不同了，二桌二凳或三凳一床，床板多至三块。不但上讲堂时挟着一堆厚而且大的精装书，气昂昂地走着，决非只有一本"泼赖妈"和四本《左传》的三班生所敢正视；便是空着手，也一定将肘弯撑开，像一只螃蟹，低一班的在后面总不能走出他之前。这一种螃蟹式的名公巨卿，现在都阔别得很久了，前四五年，竟在教育部的破脚躺椅上，发现了这姿势，然而这位老爷却并非雷电学堂出身的，可见螃蟹态度，在中国也颇普遍。

可爱的是桅杆。但并非如"东邻"的"支那通"所说，因为它"挺然翘然"，又是什么的象征。乃是因为它高，乌鸦喜鹊，都只能停在它的半途的木盘上。人如果爬到顶，便可以近看狮子山，远眺莫愁湖，——但究竟是否真可以眺得那么远，我现在可委实有点记不清楚了。而且不危险，下面张着网，即使跌下来，也不过如一条小鱼落在网子里；况且自从张网以后，听说也还没有人曾经跌下来。

原先还有一个池给学生学游泳的，这里面却淹死了两个年幼的学生。当我进去时，早填平了，不但填平，上面还造了一所小小的关帝庙。庙旁是一座焚化字纸的砖炉，炉口上横写着四个大字道："敬惜字纸"。只可惜那两个淹死鬼失了池子，难讨替代，总在左近徘徊，虽然已有"伏魔大帝关圣帝君"镇压着。办学的人大概是好心肠的，所以每年七月十五，总请一群和尚到雨天操场来放焰口，一个红鼻而胖的大和尚戴上毗卢帽，捏诀，念咒："回资罗，普弥耶吽，唵耶吽！唵！耶！吽！！！"

我的前辈同学被关圣帝君镇压了一整年，就只在这时候得到一点好处，虽然我并不深知是怎样的好处。所以当这些时，我每每想，做学生总得自己小心些。

总觉得不大合适，可是无法形容出这不合适来。现在是发现了大致相近的字眼了，"乌烟瘴气"，庶几乎其可也。只得走开。近来是单是走开也就不容易，"正人君子"者流会说你骂人骂到聘书，或者是发"名士"脾气，给你几句正经的俏皮话。不过那时还不打紧，学生所得的津贴，第一年不过二两银子，最初三个月的实习期内是零用五百文。于是毫无问题，去考矿物学堂去了，也许是矿路学堂，已经有些记不真，文凭又不在手头，更无从查考。试验并不难录取的。

这回不是外国文，仍旧是汉文"颍考叔可谓纯孝也已矣"，但外加《小学集注》。论文题目也小有不同，譬如《工欲善其事必先利其器》论，是先前没有做过的。

此外还有所谓格致、地学、金石学……都非常新鲜。但是还得声明：后两项，就是现在之所谓地质学和矿物学，并非讲舆地和钟鼎碑版的。只是画铁轨横断面图却有些麻烦，平行线尤其讨厌。但第二年的总办是一个新派，他坐在马车上的时候大抵看着《时务报》，考汉文也自己出题目，和教员出的很不同。有一次是《华盛顿》论，汉文教员反而惴惴地来问我们道："华盛顿是什么东西呀？……"

看新书的风气便流行起来，我也知道了中国有一部书叫《天演论》。星期日跑到城南去买了来，白纸石印的一厚本，价五百文整。翻开一看，是写得很好的字，开首便道：——

"赫胥黎独处一室之中，在英伦之南，背山而面野，槛外诸境，历历如在机下。乃悬想二千年前，当罗马大将恺撒未到时，此间有何景物？计唯有天造草……"

哦，原来世界上竟还有一个赫胥黎坐在书房里那么想，而且想得那么新鲜？一口气读下去，"物竞""天择"也出来了，苏格拉第、柏拉图也出来了，斯多噶也出来了。学堂里又设立了一个阅报处，《时务报》不待言，还有《译学》汇编，那书面上的张廉卿一流的四个字，就蓝得很可爱。

"你这孩子有点不对了，拿这篇文章去看去，抄下来去看去。"一位本家的老辈严肃地对我说，而且递过一张报纸来。接来看时，"臣许应骙跪奏……，"那文章现在是一句也不记得了，也不记得可曾抄了没有。

仍然自己不觉得有什么"不对"，一有闲空，就照例地吃侉饼花生米、辣椒，看《天演论》。

但我们也曾经有过一个很不平安的时期。那是第二年，听说学校就要裁撤了。这也无怪，这学堂的设立，原是因为两江总督听得青龙山的煤矿出息好，所以接手的。待到开学时，煤矿那面却已将原先的技师辞退，换了一个不甚了然的人了。理由是：一、先前的技师薪水太贵；二、他们觉得开煤矿并不难。于是不到一年，就连煤在那里也不甚了然起来，终于是所得的煤，只能供烧那两架抽水机之用，就是抽了水掘煤，掘出煤来抽水，结一笔出入两清的账。既然开矿无矿利，矿路学堂自然也就无须乎开了，但是不知怎的，却又并不裁撤。到第三年我们下矿洞去看的时候，情形实在颇凄凉，抽水机当然还在转动，矿洞里积水却有半尺深，上面也点滴而下，几个矿工便在这里面鬼一般工作着。

毕业，自然大家都盼望的，但一到毕业，却又有些怅然若失。爬了几次桅，不消说不配做半个水兵；听了几年讲，下了几回矿洞，就能掘出金、银、铜、铁、锡来么？实在连自己也茫无把握，没有做《工欲善其事必先利其器论》的那么容易。爬上天空二十丈和钻下地面二十丈，结果还是一无所能，学问是"上穷碧落下黄泉，两处茫茫皆不见"了。所余的还只有一条路：到外国去。

留学的事，官方也许可了，派定五名到日本去。其中的一个因为祖母哭得死去活来，不去了，只剩了四个。日本的社会人情，我们一点不知道，应该如何准备呢？有一个前辈同学，比我们早一年毕业，曾经游历过日本，应该知道些情形。跑去请教之后，他郑重地说：

"日本的袜新去是穿不惯的，要多带些布袜。我看纸票也不好，你们带去的钱不如都换了日本的现银。"

四个人都说遵命。别人不知其详，我是将钱都在上海换了日本的银圆，还带了十双布袜——白袜。

后来呢？后来，要穿制服和皮鞋，布袜完全无用；一元的银圆日本早已废置不用了，又赔钱换了半元的银圆和纸票。

茅盾

（1896 — 1981），作家、
文学评论家、文化活动家。

《我的中学生时代及其后》

我的中学生时代及其后

——茅盾

时常这么想：如果我现在又是个中学生，够多么快活！我时常希望在梦中我又是中学生；我居然又可以整天跑，嚷，打架，到晚上睡在硬板铺上丝毫不感困难地便打起鼾来，居然又可以熬夜预备大考，把大捆的讲义都强记着，然后又在考试过后忘记得精光；居然又可以坐在天桥上和同学们毫无顾忌地谈自己的野心，呵呵！热烈愉快的中学生时代，前程远大的中学生时代！在那时，如果有谁不觉得整个世界是他的，那他一定不是好中学生，我敢说！

然而我始终未尝在梦中再为中学生，甚至中学时的同学也不曾梦见半个。不过是十多年呢，然而抵得过一百年的沧桑多变的这十多年，已经去的远远，已经不能再到梦中来使我畅笑，使我痛苦，使我自负到一定要吞下整个宇宙！

是的，吞下整个宇宙！中学生，一定得有这个气魄：有一个挨得起饿，受得起冻，经得起跌打的身体，有一个不怕风吹，不会失眠，不知道什么叫作晕眩的脑袋，还有，二三十年大好的光阴，原封不动地叠在他前面，他自己将来的一切，社会将来的一切，人类将来的一切，都操在他手里，都等待他去努力创造，他怎么可以自己菲薄！

遇到了年青的朋友时，我总喜欢听他们谈他们的中学生活。听到了他们这时代所特有的斗争生活的紧张和快活，我常常为之神往；再听到了他们这时代所特有的青年的苦闷，我又常常为之兴奋而惆怅。不错，现代的青年，尤其是前程远大的宝贝中学生，都不免有些苦闷，都曾经有过一度的苦闷；始终不感得此苦闷者，若非"超人"，便是浑浑噩噩的傻瓜。超人非此世所有，因而只有好中学生才会有苦闷，有一时的苦闷罢？这是我们当此受难时代所不得不经过的"洗礼"呀！时代的特征就是每一个造化的青年必得经过一度苦闷。应该欢迎这苦闷，然后再战胜这苦闷，十分元气地要吞下全宇宙似的向前向前，干着干着，创造你自己将来的一切，社会将来的一切，和人类将来的一切罢！

斗争的生活使你干练，苦闷的煎熬使你醇化；这是时代要造成青年为能担负历史使命的两件法宝。

在我的中学生时代，却没有福气来身受这两件法宝的熏陶。相差不过十多年呀，然而我的中学生时代是灰色的平凡的，只把人煨成了恂恂小丈夫的气度。在我的中学生时代，没有发生过一件事情，使我现在回想起来还感受着兴奋和震荡。也许就是为此我始终不再梦见我的中学生时代。

我的中学生时代是灰色的，平凡的；没有现在的那许多问题要求我们用脑力思考，也没有现在的那许多斗争来磨炼我们的机智胆略。学校生活的最大的浪花是把年青的美貌的一年级同学称为 Face 而争着和她做朋友。争着诌七言的歪诗来赞颂她，或是嘲笑那些角逐中的对方。我经历过三个中学校，浙西三府的三个中学校，我的最可宝贵的中学生时代也就在这样灰色的空气中滑了过去。如果一定要找出这三个中学校曾经给予我些什么，现在心痛地回想起来，是这些个：书不读秦汉以下，骈文是文章之正宗；诗要学建安七子；写信拟六朝人的小札；举止要风流潇洒；气度要清朗疏狂，……当时固然没有现在那些新杂志新书报，即使有一二种那时所谓新的，我们也视为俗物，说它文章不通，字非古意。在大考时一夜的"抱佛脚"中，我们知道了欧洲有哪些国，然而我们照例是过了大考就丢在脑后去了。世间有所谓社会科学，我们不知道，且也不愿意去知道。是在这样的畸形闭塞的空气中，我度过了我的中学生生活，这结果使我现在只能坐在这里写文章，过所谓"文士生涯"。

那时我们亦无所谓"苦闷"。苦闷的人是有福的，因为这是思想展开到某种程度的征象。因为通过了这一时期的苦闷，他的思想就会得确定。他将无往而不勇敢，而不愉快。我们的中学时代却只有浑噩，至多不过时发牢骚，一种学来的牢骚；那种无聊的非青年人所宜有的牢骚。

中学毕业的上一年，"辛亥那年"了。住在沪杭铁路中段，每天可以接读上海报纸的我们，大概也有些兴奋罢？大概有一点。因为我们也时常到车站上买旅客手里带着的上海报，并且都革去辫子。然而这兴奋既无明确的意识的内容，并且也消灭的很快。第一个阳历元旦，在府学明伦堂上开了市民大会一类的东西。我们这中学的校长演说"采用阳历的便利"；那天会里，这是唯一的演说。现在我还依稀记得的，是他拿拳头上指背的凸出处来说明阳历各月的月大月小。如果说我在中学校曾经得了些新知识，那恐怕只有这一件事罢。

后来我又进过北方某大学，读完了三年预科，我还是我，除了多吃些北方的沙土，并没新得些什么，于是我也就厌倦了学校生活。

现在，三十许的我，在感到身体衰弱的时候，在热血涂涌依然有吞下整个宇宙的狂气的时候，每每要遗恨到我的中学生时代的太灰色太平凡了。我总觉得我的太平凡太灰色的中学生时代使得我的感情理智以及才能，没有平衡的发展，只成了不完具的畸形的现在的我。时代不让我的青年时代、最可宝贵的中学生时代，在斗争的兴奋和苦闷的熬炼中过去，不让我有永造可以兴奋地回忆着的青年时代的生活的浪花，这也许就是所谓早生者的不幸罢？

这也就是为什么我时时有这样的感想：如果我现在又是中学生，够多么快活！好像是一个失败的围棋手，在深切地认知了过去的种种"失败"以后，总想要再来一局，而又况我的过去的"失败"都好像罪不由己，都好像使早生几年者该得的责罚似的。

相差不过十多年呢，然而在现今这大变化的时代作中学生是幸福的！各种的思潮都在你面前摊开，任由你凭着良心去选择，绝不像我的中学生时代只能听到些"书不读秦汉以下"一类的话语。学校的生活，不过是读死书，而现在的一切是多么能够发展你的才具，充实你的生活！事业的轮子正在加速度转进，你们现在的中学生躬逢其盛地正好把年富力强的数十年光阴贡献给社会给人类！历史需要着成千成万的中学生青年来完成它的使命！谁觉得出了中学校的大门便没有路走，那他不是傻瓜便是软骨头！

青春，中学生时代，人生也只有一次；正在青春而又正在前程无穷的中学生时代，而又躬逢科学昌明今日，而或又更幸而未生在富贵家庭被捧在掌里含在嘴里做活宝贝，这真是十全的"八字"，应该不要辜负，应该不要自暴自弃，应该比什么人都兴高采烈些！

只有不幸而生于厚富之家被捧在掌里含在嘴里做活宝贝烘软了骨头的现代青年，才是很不幸地只配在事业的轮子下被碾成肉泥！

这样的不幸儿是可怜的，他没有自由的身体，他没有选择他的生活的自由，他就无异等于社会的寄生虫。

我很庆幸我没有被捧在掌里含在嘴里当作活宝贝，所以虽然我的中学时代是那样的灰色平凡，那样的陈腐闭塞几乎将我拖进了几千年的古坟里去，可是事业的高潮依然卷我而去，现在我还坐在此间写这一篇文字。但是我依然羡慕着现今为中学生的幸而不被捧在掌里含在嘴里当作活宝贝的年青的朋友。呵呵！尚在中学校或将出中学校的年青的朋友呀，不要以为你是一个小小的中学生看着那庞大混杂的社会而自惭形秽，不是这么的，正因为你是个寒苦的中学生，你的骨头尚未为富贵禄利所薰软，你有好身体，你有坚强的意志，你肯干，你是个善者，你刚在人世，你有年富力强的二三十年好光阴由你自己支配，你自己将来的一切，社会将来的一切，人类将来的一切，都操在你手里，都等待你去努力创造呢。

自然在你创造的途中有些困难等着你，但是你总不至于忘记了"不遇盘根错节，无以见利器"的古语；也许你在创造的途中丧失你个体的存在，但是你总可以想见富家的公子常常会碰到的绑匪，或者是吃得太多送了性命，这一类的事吧！

夏丏尊

　　（1886－1946），文学家、语文学家、出版家和翻译家。

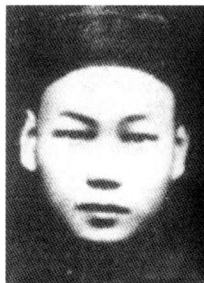

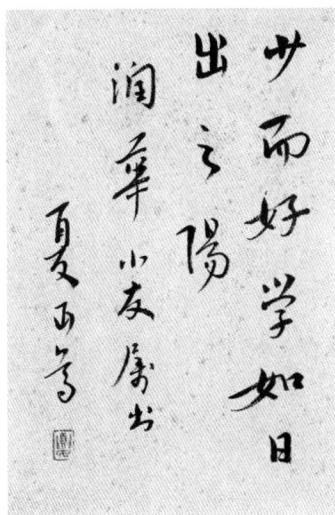

少而好学如日
出之阳
润华小友属书
夏雨□

《中学校时代》

中学校时代

——夏丏尊

中学校时代，在年龄上是指十三四岁至十八九岁的一段的。我今年四十六岁，我的中学校时代已是三十年以前的事了。那时正是由科举过渡到学校的当儿，学校未兴，私塾是唯一的学校。我自幼也从塾师读经书，学八股，考秀才，后来且考举人。及科举全废的前两三年，然后改进学校，可是却未曾在什么学校里毕过业，未曾得过毕业文凭。

我家上代是经商的，父亲却是个秀才。在十岁以前，祖父的事业未倒，家境很不坏，兄弟五人之中据说我在八字上可以读书，于是祖父与我父亲都期望我将来中举人点翰林，光大门楣，不预备叫我去学生意。在我家坐馆的先生也对我另眼相看，我所读的功课是和我的兄弟们不同的。他们读毕《四书》，就读些《幼学琼林》和尺牍书类，而我却非读《左传》《诗经》《礼记》等等不可。他们不必做八股文，而我却非做八股文不可。因为我是要预备将来做读书人的。

十六岁那年我考得了秀才，以后不久，八股即废，改"以策论取士"。八股在戊戌政变时曾废过，不数月即恢复，至是时日乃真废了。这改革使全国的读书人大起恐慌，当时的读书人大都是一味靠八股吃饭的，他们平日朝夕所读的是八股，案头所列的是关墨或试帖诗，经史向不研究，"时务"更所茫然。我虽八股的积习未深，不曾感到很大的不平，但要从师，也无师可从，只是把《大题文府》等类搁起，换些《东莱博议》《读通鉴论》《古文观止》之类的东西来读，把白折纸废去，临摹碑帖，再把当时唯一的算数书《笔算数学》买来自修而已。

那时我家里的境况已大不如从前了。最初是祖父的事业失败，不久祖父即去世。父亲是少爷出身，舒服惯了的。兄弟们为家境所迫，都托亲友介绍，提早作商店学徒去了。五间三进的宽大而贫乏的家里，除了母亲和一个嫂子，就剩了父子两个老小秀才。父亲的书箱里，八股文以外，有一部《史记》，一部《前后汉书》，一部《韩昌黎集》，一部《唐诗三百首》，一部《通鉴纲目》，一部《文选》，一部《聊斋志异》，一部《红楼梦》，一部《西厢记》，一部《经策通纂》，一部《皇清经解》，还有几种唐人的碑帖，与《桐荫论画》等论书画的东西。父子把这些书作长日的消遣，父亲爱写字，种花，整洁居室，室里干净清净得如庵院一般。这样地过了约莫一年。

亲戚中从上海回来的，都来劝读外国书（即现在的所谓进学校）。当时县府无学校，要读外国书只有到上海。据说：上海最有名的是梵王渡（即现在的圣约翰大学），如果在那里毕业，包定有饭吃。父母也觉得科举快将全废，长此下去究不是事，于是就叫我到上海去读外国书。当时读外国书的地方也并不多。外国人立的只有梵王渡、震旦与中西书院，本国人立的只有南洋公学。我是去读外国书的，当然要进外国人的学校。震旦是读法文的，梵王渡据说程度较高，要读过几年英文的才能进去，中西书院（即现在东吴大学的前身）入学比较容易些。我于是就进中西书院。

那时生活程度还甚低，可是学费却也并不便宜，中西书院每半年记得要缴费四十八元。家中境况已甚拮据，我的第一次半年的学费，还是母亲把首饰变卖了给我的。我便与友同伴到了上海，由大哥送我入中西书院。那时我年十七。

中西书院分为六年毕业，初等科三年，高等科三年，此外还有特科若干年。我当然进初等科。那时功课不限定年级，是依学生的程度定的。英文是甲班的，算学如果有些根底就可入乙班，国文好的可以入丙班。我英文初读，入甲班，最初读的是《华英初阶》；算学是乙班，读《笔算数学》；国文，甲班。其余各科也参差不齐，记不清楚了。同学一百多人，大多数是包车接送的富者之子，间有贫寒子弟，则系基督教徒，受有教会补助，读书不用花钱的。我的同学中，很有许多现今知名之士。记得名律师丁榕，经济大家马寅初，都是我的先辈的同学。

中西书院门禁森严，除通学生外，非得保证人来信不能出大门一步，并且星期日不能告假（因为要做礼拜），情形几等于现在的旧式女学校，告假限在星期六下午。我的保证人是我的大哥，他在商店做事，每月只来带我出去一次，有时他自己有事。也就不来领我。我在那里几乎等于笼鸟。尤其是礼拜日逃不掉做礼拜觉得很苦。

礼拜真真多极。每日上课前要做礼拜，星期三晚上要做礼拜，星期日早餐要做礼拜，晚上又要做礼拜。每次礼拜有舍监来各房间查察，非去不可。每日早晨的礼拜约需三十分钟，其余的都要费一小时以上。唱赞美歌，祷告，讲经，厌倦非凡。这种麻烦，如果叫现今每周只做一次纪念周犹嫌费事的学生诸君去尝，不知能否忍耐呢。

读了一学期，学费无法继续，于是只好仍旧在家里，用《华英进阶》《华英字典》《代数备旨》等书自修。另外再作些策论《四书义》，请邑中的老先生评阅。秋间再去考乡试。举人当然无望，却从临时书市（当时平日书店很少，一至考试时，试院附近临时书店如林）买了《天演论》等书回来，莫名其妙地翻阅。

十八岁那年，因了一位朋友的劝告，同到绍兴府学堂（即现在浙江第五中学的前身）入学，在那一二年中内地学堂已成立了不少。当时办学概依奏定学堂章程，学制很划一。县有县学堂，性质为现在的高小程度，府学堂则相当于现在的中学，省学堂相当于大学预科，京师大学堂即现在的所谓大学了。学堂的成立，并无一定顺序，我们绍属，是先有中学，后有小学的。府学堂学费不收，宿费更不须出，饭费只每月二元光景，并且学校由书院改设，书院制尚未全除，月考成绩若优，还有一元乃至几毛钱的"膏火"可得（膏火是书院时代的奖金名称，意思是灯油费。）读书不但可以不花钱，而且弄得好还有零用可获得的。

府学堂的科目记得为伦理，经学，国文，英文，史学，舆地，算学，格致（即现在的理化博物），体操，测绘（用器画与地图，）功课亦依程度编级，一如中西书院的办法。我因英文已有每日在家自修的成绩，居然大出风头，被排在程度顶高的一级里，算学与国文的班次也不低。同学之中年龄老大的很多，班级皆低于我，我于是颇受师友的青眼。

国文是一位王先生交的，选读《皇朝经世》文，编作文题是"范文正公为秀才时便以天下为己任""士先器识而后文艺"之类。经学是徐先生（即刺恩铭的徐烈士）担任的，他叫我们读《公羊传》，上课时大发挥其微言大义。测绘也是由这位徐先生担任。体操教师是一位日本人。口令是用日本语的，故于最初就由他教我们几句体操用的日本语如"立正""向前"之类。伦理教师最奇特，他姓朱，是绍兴有名的理学家，有长长的须髯，走路蹀方步，写字仿朱子。他教我们学"洒扫应对""居敬存诚"，还教我们舞佾，拿了鸡尾似的劳什子作种种把戏。据他的主张，上课时书应端执在右手，不应挟在腋下，上班退班，都须依照长幼之序"鱼贯而行"，不应作鸟兽散，见学生须作揖，表示敬意。我们虽不以为然，但却不去加以攻击，只以老古董相待罢了。

我在这样的空气中过了半年中学生活，第二学期又辍学了。这次的辍学，并非由于拿不出学费，乃是为了要代替父亲坐馆。原来，父亲在一年来已在家授徒了，一则因邻近有许多小孩要请人教书，二则父亲嫌家里房屋太大，住了太寂寞，于是就在家里设起书塾来。来读的是几个族里与邻家的小孩。中途忽然有一位朋友要找父亲去替他帮忙，为了友谊与家计，都非去不可。书馆是不能中途解散的，家里又无男子，很不放心，于是就叫我辍学代庖。功课当然是我所教得来的。学生不多，时间很有余暇，于是一壁教书，一壁仍行自修。家里人颇思叫我永继父职，就长此教书下去，本乡小学校新立，也邀我去充教习，但我总觉得于心不甘。

恰好有一个亲戚的长辈从日本留学法政回来，说日本如何如何的好，求学如何如何的便利。我对于日本留学梦想已久了，听了他的话，心乃愈动。父母并不大反对，只是经费无着。乃遍访亲友借贷，很费力地集了五百元，赴日。

当时赴日留学，几成为一种风气，东京有一个宏文学院，就是专为中国留学生办的，普通科二年毕业，除教日语外，兼教中学课程。凡想进专门以上的学校的，大概都在那里预备。我因学费不足两年的用度，乃于最初数月请一日本人专教日文，中途插入宏文学院普通科去，总算我的自修有效，英算各科居然尚能衔接赶上。在那里俱毕业的前二三月，东京高等工业学校招考了，我不待毕业就去跨考，结果幸而被录。当时规定，入了官立专门学校，就有官费的。而浙江因人多不能照办，我入高工后快将一年，尤领不到官费。家中为我已负债不少，结果乃又不得不中途辍学回国，谋职户口。我的中学时代就此结束了。那时我二十一岁。

总计我的中学时代，经过许多的周折，东补西凑，断续不成片段。我为了修得区区的中学课程，曾经过不少的磨难，空费过长期的光阴，这种困苦的经验，当时不但我个人有过，实可谓是一般的情形。现在的中学生，在这点上真足艳羡，真是幸福。

夏丏尊先生

——丰子恺

夏先生与李叔同先生（弘一法师），具有同样的才华，同样的胸怀。不过表面上一位做和尚，一位是居士而已。

犹忆三十余年前，我当学生的时候，李叔同先生教我们图画、音乐；夏先生教我们国文。我觉得这三种学科同样的严肃而有兴趣。就为了他们二人同样的深解文艺的真谛，故能引人入胜。夏先生常说："叔同教图画、音乐，学生对图画、音乐，看得比国文、数学等更重。这是有人格作背景的缘故。因为他懂得的不仅是图画、音乐；他的诗文比国文先生的更好，他的书法比习字先生的更好，他的英文比英文先生的更好。这好比一尊佛像，有后光，故能令人敬仰。"这话也可说是"夫子自道"。

夏先生初任舍监，后来教国文，但他也是博学多能，只除不弄音乐以外，其他诗文、绘画（鉴赏）、金石、书法、理学、佛典，以至外国文、科学等，他都懂得。因此能和叔同先生交游，因此能得学生的心悦诚服。

他当舍监的时候，学生们私下给他起个诨名，叫夏木瓜。但这并非恶意，却是好心。因为他对学生如对子女，率直开导，不用敷衍、欺蒙、压迫等手段。学生们最初觉得忠言逆耳，看见他的头大而圆，就给他起这个诨名。但后来大家都知道夏先生是真爱我们，这绰号就变成了爱称而沿用下去。凡学生有所请愿，大家都说："同夏木瓜讲。"他听到请愿，也许叱咤地骂你一顿，但如果你的请愿合乎情理，他就当作自己的请愿，而替你设法了。

他教国文的时候，正是"五四"将近。我们做惯了"太王留别父老书"之类的文题之后，他突然叫我们做一篇"自述"。而且说："不准讲空话，要老实写。"有一位同学，写他父亲客死他乡，他"星夜匍匐奔丧"。夏先生苦笑着问他："你那天晚上真个是在地上爬去的？"引得大家发笑，那位同学脸孔绯红。又有一位同学发牢骚，赞隐遁，说要："乐琴书以消忧，抚孤松而盘桓"。夏先生厉声问他："你为什么来考师范学校？"弄得那人无言可对。

这样的教法，最初被顽固守旧的青年所反对。他们以为文章不用古典，不发牢骚，就不高雅。竟有人说："他自己不会做古文（其实夏先生做得很好），所以不许学生做。"但这样的人，毕竟是少数。多数学生，对夏先生这种从来未有的、大胆的革命主张，觉得惊奇与折服，好似长梦猛醒，恍悟今是昨非。这正是五四运动的初步。

叔同先生做教师，以身作则，不多讲话，使学生们衷心感动，自然诚服。譬如上课，他一定先到教室，黑板上应写的，都先写好（用另一黑板遮住，用到的时候推开来）。然后端坐在讲台上等学生到齐。譬如学生还琴时弹错了，他举目对你一看，但说："下次再还。"有时他没有说，学生吃了他一眼，自己请求下次再还了。他话很少，说时总是和颜悦色的。但学生非常怕他，敬爱他。夏先生则不然，毫无矜持，有话直说。学生便嬉皮笑脸，同他亲近。偶然走过校庭，看见年纪小的学生弄狗，他也要管："为啥同狗为难！"放假日子，学生出门，夏先生看见了便喊："早些回来，勿可吃酒啊！"学生笑着连说："不吃，不吃！"赶快走路。走得远了，夏先生还要大喊："铜钿少用些！"学生一方面笑他，一方面实在感激他、敬爱他。

夏先生与李先生对学生的态度，完全不同。而学生对他们的敬爱，则完全相同。这两位导师，如同父母一样。李先生的是"爸爸的教育"，夏先生的是"妈妈的教育"。夏先生后来翻译的《爱的教育》，风行国内，深入人心，甚至被取作国文教材。这不是偶然的事。

凡熟识夏先生的人，没有一个不晓得夏先生是个多忧善感的人。他看见世间的一切不快、不安、不真、不善、不美的状态，都要皱眉，叹气。他不但忧自家，又忧友、忧校、忧国、忧世。朋友中有人生病了，夏先生就皱着眉头替他担忧；有人失业了，夏先生又皱着眉头替他着急；有人吵架了，有人吃醉了，甚至朋友的太太生产了，小孩子跌跤了。夏先生都要替他们忧愁。学校的问题，别人能当作例行公事处理的。他却当作自家的问题，真心地担忧；国家的事，世界的事，别人当作历史小说看的，在夏先生都是切身问题，真心地忧愁。他和叔同先生一样的痛感众生的疾苦。但他不能和李先生一样行大丈夫事；他只能忧伤终老。在"人世"这个大学校里，这二位导师所施的仍是"爸爸的教育"与"妈妈的教育"。

胡适

（1891 — 1962），著
名思想家、文学家、哲学家。

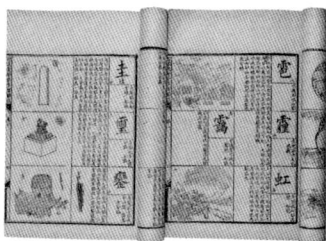

《在上海》

《澄衷蒙学堂字课图说》

编选者是澄衷学堂首任校长刘树屏先生。

在上海

——胡适

《一》澄衷学堂

我进的第二个学堂是澄衷学堂。这学堂是宁波富商叶成忠先生创办的，原来的目的是教育宁波的贫寒子弟；后来规模稍大，渐渐成了上海一个有名的私立学校，来学的人便不限止于宁波人了。这时候的监督是章一由先生，总教是白振民先生。白先生和我二哥是同学，他看见了我在梅溪作的文字，劝我进澄衷学堂。光绪乙巳年（一九〇五年），我就进了澄衷学堂。

澄衷共有十二班，课堂分东西两排，最高一班成为东一斋，第二班为西一斋，以下直到西六斋。这时候还没有严格制定的学制，也没有什么中学小学的分别。用现在的名称来分，可说前六班为中学，其余六班为小学。澄衷的学科比较多，国文、英文、算学之外，还有物理、化学、博物、图画诸科。分班略依各科的平均程度，但英文、算学程度过低的都不能入高班。

我初进澄衷时，因英文、算学太低，被编在东三斋（第五班）。下半年便升入东二斋（第三班），第二年（丙午，一九〇六年）又升入西一斋（第二班）。澄衷管理很严，每月有月考，每半年有大考，月考大考都出榜公布，考前三名的有奖品。我的考试成绩常常在第一，故一年升了四班。我在这一年半之中，最有进步的是英文、算学。教英文的谢昌熙先生、张镜人先生，教算学的郁先生，都给了我很多的益处。

我这时候对于算学最感觉兴趣，常常在宿舍熄灯之后，起来演习算学问题。卧房里没有桌子，我想出一个法子来，把蜡烛放在帐子外床架上，我伏在被窝里，仰起头来，把石板放在枕头上做算题。因为下半年要跳过一班，所以我须要自己补习代数。我买了一部丁福保先生编的代数书，在一个夏天把初等代数习完了，下半年安然升班。

这样的用功，睡眠不够，遂影响到身体的健康。有一个时期，我的两只耳朵几乎全聋了。但后来身体渐渐复原，耳朵也不聋了。我小时身体多病，出门之后，逐渐强健重要的原因我想是因为我在梅溪和澄衷两年半之中从来不曾缺一点钟体操的功课。我从没有加入竞争的运动，但我在体操的时间很用气力做种种体操。

澄衷的教员之中，我受杨千里先生（名天骥）的影响最大。我在东三斋时，他是西二斋的国文教员。人都说他思想很新。我去看他，他很鼓励我，后来我在东二斋和西一斋他都做过国文教员。有一次，他教我们班上买一本《天演论》来做读本，这是我第一次读《天演论》，高兴得很。他出的作文题目也很特别，有一次的题目是"物竞天择适者生存，试申其义"。（我的一篇，前几年澄衷校长曹锡爵先生曾在旧课卷内寻出，至今还保存在校内）。这种题目自然不是我们十几岁小孩子能发挥的。但读《天演论》，做"物竞天择"的文章，都可以代表那个时代的风气。

《天演论》出版之后，不上几年，便风行到全国，竟做了中学生的读物了。读这书的人，很少能了解赫胥黎在科学史和思想史上的贡献。能了解的只是那"优胜劣败"。这个"优胜劣败""适者生存"的公式，成了当时人们的"口头禅"。还有许多人爱用这种名词做自己或儿女的名字。我自己的名字也是这种风气底下的纪念品。我在学堂里的名字是胡洪骍。有一天的早晨，我请我二哥代我想一个表字，二哥一面洗脸，一面说："就用'物竞天择适者生存'的'适'字，好不好？"我很高兴，就用"适之"二字。（二哥字绍之，三哥字振之。）后来我发表文字，偶然用"胡适"作笔名，直到考试留美官费时（一九一〇年）我才正式用"胡适"的名字。

我在澄衷只住了一年半，但英文和算学的基础都是这里打下的。澄衷的好处在于管理的严肃，考试的认真。还有一桩好处，就是学校办事人真能注意到每个学生的功课和品行。白振民先生自己虽不教书，却认得个个学生，时时叫学生去问话。因为考试的成绩都有很详细的记录，故每个学生的能力都容易知道。天资高的学生，可以越级升两班，中等的可以半年升一般；下等的不升班，不升班就等于降半年了。这种编制和管理，是很可以供现在办中学的人参考的。

我在西一斋做了班长，不免有时和学校办事人冲突。有一次，为了班上一个同学被开除的事，我向白先生抗议无效，又写了一封长信去抗议。白先生悬牌责备我，记我大过一次，我虽知道白先生很爱护我，但我当时心里颇感觉不平，不愿继续在澄衷了。恰好中国公学招考，有朋友劝我去考；考取之后，我就在暑假后（一九〇六年）搬进中国公学去了。

《二》中国公学

中国公学是光绪丙午，一九〇六年春天在上海新靶子路黄板桥北租屋开学。但那时候许多官费生多数出国留学。上海那时还是一个眼界很小的商埠，看见公学里许多剪发洋装的少年人自己办学堂，都认为奇怪的事。社会叫他们怪物。所以赞助捐钱的人很少，学堂开门不到一个半月，便陷入了绝境。公学的干事姚弘业先生（湖南益阳人）激于义愤，遂于三月十三日投江自杀，遗书几千字，说，"我之死，为公学死也。"遗书发表之后，舆论都对他表敬意，社会受了一大震动，赞助的人稍多，公学才稍稍站得住。

我也是当时读了姚烈士的遗书大受感动的一个小孩子。夏天我去投考，监考的是总教习马君武先生。国文题目是"言志"，我不记得说了一些什么，后来君武先生告诉我，他看了我的卷子，拿去给谭心休、彭施涤先生传观，都说是为公学得了一个好学生。

我搬进公学之后，见许多同学都剪了辫子，穿着和服，拖着木屐的；又有一些是内地刚出来的老先生，戴着老花眼镜，捧着水烟袋的。他们的年纪都比我大得多；我是做惯班长的人，到这里才感觉我是个小孩子。不久我已感到公学的英文、数学都很浅，我在甲班里很不费气力。那时候的教育界科学程度太浅，中国公学至多可比现在的两级中学程度，然而有好几门功课非得请日本教员来教。如高等代数、解析几何、博物学，最初都是日本人教授，由懂日语的同学翻译。甲班的同学有朱经农、李琴鹤等，都曾担任翻译。又有几位同学还兼任学校的职员或教员。当时的同学和我年纪不相上下的，只有周烈忠、李骏、孙粹存、孙竞存等几个人。教员和年长的同学都把我们看作小弟弟，特别爱护我们，鼓励我们。我和这一班年事稍长、阅历较深的师友们往来，受他们的影响最大。我从小本来就没有过小孩子的生活，现在天天和这班年长的人在一块，更觉得自己不是个小孩子了。

中国公学的教职员和同学之中，都是些新人物。所以在这里要看东京出版的《民报》，是最方便的。暑假年假中，许多同学把《民报》缝在枕头里带回内地去传观。还有一些激烈的同学往往强迫有辫子的同学剪去辫子。但我在公学三年多，始终没有人强迫我剪辫。直到二十年后，但懋辛先生才告诉我，当时校里的同盟会员曾商量过，大家都认我将来可以做学问，他们要爱护我，所以不劝我参加社会的事。但在当时，他们有些活动也并不瞒我。有一晚十点钟的时候，我快睡了，但君来找我，说，有个女学生从外国回国，替朋友带了一只手提小皮箱，江海关上要检查，她说没有钥匙，海关上不放行。但君因为我可以说几句英国话，要我到海关上去办交涉。我知道箱子里没有什么违禁品，遂跟了他到海关码头，这时候已过十一点钟，谁都不在了。我们只好怏怏回去。第二天，那位女学生也走了，箱子她丢在关上不要了。

我们现在看见上海各学校都用国语讲授，决不能想象二十年前的上海还完全是上海话的世界，各学校全用上海话教书。学生全得学上海话。中国公学是第一个用"普通话"教授的学校。学校里的学生，四川、湖南、河南、广东的人最多，其余各省的人也差不多全有。大家都说"普通话"，教员也用"普通话"。江浙的教员，如宋耀如、王仙华、沈翔云诸先生，在讲堂上也都得勉强说官话。我初入学时，只会说徽州话和上海话；但在学校不久也就会说"普通话"了。我的同学中四川人最多；四川话清楚干净，我爱学他，所以我说的普通话，最近于四川话。二三年后，我到四川客栈（元记厚记等）去看朋友，四川人只问："贵府是川东？是川南？"他们都把我看作四川人了。

中国公学创办的时候，同学都是创办人，职员都是同学中选举出来的，所以没有职员和学生的界限。全校的组织分为"执行"与"评议"两部。执行部的职员（教务干事、庶务干事、斋务干事）都是评议部选举出来的，有一定的任期，并且对于评议部要负责任。评议部是班长和室长组织成的，有监督和弹劾职员之权。评议部开会时，往往有激烈的辩论，有时直到点名熄灯时方才散会。评议员之中，最出名的是四川人龚从龙，口齿清楚，态度从容，是一个好议长。这种训练是很有益的。我年纪太小，第一年不够当评议员，有时在门外听听他们的辩论，不禁感觉我们在澄衷学堂的自治会真是儿戏。

胡适先生二三事

——梁实秋

胡先生是安徽徽州绩溪县人。对于他的乡土念念不忘，他常告诉我们他的家乡的情形。徽州是个闭塞的地方。四面皆山，地瘠民贫，山地多种茶，每逢收茶季节茶商经由水路从金华到杭州到上海求售，所以上海的徽州人特多，堪称徽帮，其势力一度不在宁帮之下。四马路一带就有好几家徽州馆子。民国十七八年间，有一天，胡先生特别高兴，请我们到一家徽州馆吃午饭。上海的徽州馆相当守旧，已经不能和新兴的广东馆四川馆相比，但是胡先生要我们去尝尝他的家乡风味。

我们一进门，老板一眼望到胡先生，便从柜台后面站起来笑脸相迎，满口的徽州话，我们一点也不懂。等我们扶着栏杆上楼的时候，老板对着后面厨房大吼一声。我们落座之后，胡先生问我们是否听懂了方才那一声大吼的意义。我们当然不懂，胡先生说："他是在喊'绩溪老倌，多加油啊！'"原来绩溪这个地方难得吃油大，多加油即特别优待老乡之意。果然，那一餐的油不在少。有两个菜给我的印象特别深，一个是划水鱼，即红烧青鱼尾，鲜嫩无比；一个是生炒蝴蝶面，即什锦炒生面片，非常别致。

徽州人聚族而居，胡先生常夸说，姓胡的、姓汪的、姓程的、姓吴的、姓叶的，大概都是徽州，或是源出于徽州。他问过汪精卫、叶恭绰，都承认他们祖上是在徽州。在场有人调侃地说："胡先生，如果再扩大研究下去，我们可以说中华民族起源于徽州了。"相与拊掌大笑。

二十年春，胡先生由沪赴平，我们请他到青岛大学演讲，他下榻万国疗养院。讲题是《山东在中国文化里的地位》。就地取材，实在高明之至，对于齐鲁文化的变迁，儒道思想的递嬗，讲得头头是道，听众无不欢喜。当晚设大宴，有酒，胡先生赶快从袋里摸出一只大金指环给大家传观，上面刻着"戒酒"二字，是胡太太送给他的。

胡先生住上海极司菲尔路的时候，有一回请"新月"一些朋友到他家里吃饭，菜是胡太太亲自做的——徽州著名的"一品锅"。一只大铁锅，口径差不多有一尺，热腾腾的端了上桌，里面还在滚沸，一层鸡，一层鸭，一层肉，点缀着一些蛋皮饺，紧底下是萝卜白菜。胡先生详细介绍这"一品锅"，告诉我们这是徽州人家待客的上品，酒菜、饭菜、汤，都在其中矣。对于胡太太的烹调的本领，他是赞不绝口的。他认为另有一样食品也是非胡太太不办的，那就是蛋炒饭——饭里看不见蛋而蛋味十足。我虽没有品尝过，可是我早就知道其做法是把饭放在搅好的蛋里拌匀后再下锅炒。

胡先生不以书法名，但是求他写字的人太多，他也喜欢写。他作中国公学校长的时候，每星期到吴淞三两次，我每次遇见他都是看到他被学生们里三层外三层的密密围绕着。学生要他写字，学生需要自己备纸和研好的墨。他未到之前，桌上已按次序排好一卷一卷的宣纸，一盘一盘的墨汁。他进屋之后就伸胳膊挽袖子，挥毫落纸如云烟，还要一面和人寒暄，大有手挥五弦目送飞鸿之势。胡先生的字如其人，清癯消瘦，而且相当工整，从来不肯作行草，一横一捺都拖得很细很长，好像是伸胳膊伸腿的样子。不像瘦金体，没有那一份劲逸之气，可是不俗。

胡先生最爱写的对联是"大胆的假设，小心的求证，认真的作事，严肃的作人。"上联教人求学，下联教人做人。

胡先生从来不在人背后说人的坏话，而且也不喜欢听人在他面前说别人的坏话。有一次他听了许多不相干的闲话之后喟然而叹曰："来说是非者，便是是非人！"相反的，人有一善，胡先生辄津津乐道，真是口角春风。徐志摩给我的一封信里有"胡圣潘仙"一语，是因为胡先生向有"圣人"之称，潘光旦只有一条腿可跻身八仙之列，并不完全是戏谑。

胡先生在师大讲演中国文学的变迁，弹的还是他的老调。我给他录了音，音带藏师大文学院落英语系。他在讲词中提到律诗及评剧，斥为"下流"。听众中喜爱律诗及评剧的人士大为惊愕，事后议论纷纷。我告诉他们这是胡先生数十年一贯的看法，可惊的是他几十年后也没有改变。中国律诗的艺术之美，评剧的韵味，都与胡先生始终无缘。八股、小脚、鸦片，是胡先生所最深恶痛绝的。我们可以理解。律诗与评剧似乎应该说属于另一范畴。

胡先生对于禅宗的历史下过很多功夫，颇有心得，但是对于禅宗本身那一套奥义并无好感。有一次朋友宴会饭后要大家题字，我偶然地写了"无门关"的一偈，胡先生看了很吃一惊，因此谈起禅宗，我提到日本铃木大拙所写的几部书，胡先生正色道："那是骗人的，你不可信他。"

胡愈之

　　（1896 — 1986），浙江上虞丰惠镇人，一生集记者、编辑、作家、翻译家、出版家于一身，学识渊博，是新闻出版界少有的"全才"。

《在绍兴中学堂》

民国二十四年（1935年）蔡元培（右2）任绍兴中西学堂监督，提倡新学。

在绍兴中学堂

——胡愈之

一九一一年的阴历正月二十日，我的父亲送我到绍兴府中学堂去投考。清早从我的家——浙江上虞——雇了一只划船，到绍兴府城，已经是黄昏时候了。这是我第一次的长途旅行，因为我虽然已有十六岁了，我还不曾离开过家乡，到三十里以外。

论到我的年龄早就可以进中学了。亏了我的父亲是一个小地主，我又是长子，所以从六岁上学起，就不曾失过学。在本县高等小学里我读了五年，差不多已修完了现在的初级中学的功课。那时候学制是非常杂乱的。我在高小里，国文是已读熟了《古文辞类纂》里百余篇的选文，数学习过了大代数，历史看完了《御批通鉴辑览》，地理教完了屠寄的《寰瀛全志》，物理、化学、博物、生理都学过了一点。论到我的年龄和成绩，早两年就该进中学了。但因为我自小多病，我的祖母和父亲不放心我离开县城，所以特意嘱托县立高小校的校长，把我留在县校多读几年，直到十五岁那年冬季方毕了业。经我自己再三的要求，我的家庭方允许送我进绍兴府中学堂，这是离我家最近的一所中学校。

到了绍兴我们下宿在府中学堂对门的一家木匠店内。府中学堂是旧府学改建的，从前我父亲赴府学应考时，曾在这家木匠店投宿，所以有一点相识。这木匠店主是一对老年夫妇，有小孩数人。款待我们非常殷勤，后来这老年木匠成了我的救命恩人，这且待以后再说。

现在我先说当时绍兴中学的情形。这时候的学制，每一府城设一中学堂，绍兴府中学堂是为绍属八县而设的。清朝末年改变中学学制，分为文实两科，各四年毕业。绍兴中学的较高几班是用旧制，不分文实科。只有二年级有实科一班，一年级有文实科各一班。当时只要投考及格，各级都可插班。清末虽废科学，对于学校毕业生，仍给予功名出身，小学毕业的作为秀才，中学毕业的作为举人。但必须从头修完功课者，方有功名出身，中途插班者不给。我在小学时，常看些《新民丛报》《浙江潮》，谭嗣同《仁学》一类的书报，幼稚的头脑已装满了新思潮，对于功名出身，全部放在眼里。所以我决意投考实科二年级，因为一则插班可以减少一年修业时间，二则我自信学力可以考入二年级，三则我对于数理科格外有兴趣。虽然我出中学校因种种关系，早就把我所爱好的数理科丢了——所以进实科二年，最为合算适宜。但我的父亲却抱着不同的主张，他以为插入二年级丢弃了将来的功名资格，甚为可惜，不过我的父亲在当时也已沾染了一些新派，对我的要求，倒也并不坚持。他只说要去信和我的祖母、叔父商量后再定。在三天中我的叔父却来了两封长信，一定叫我投考文科一年级。他说，我家"累世书香"，十余代"读书种子"，断不能"弃文就实"，究竟是功名出身要紧，多学一年书，不算什么。并且说如进二年级，捐弃功名，祖母也极不以为然。经我叔父的竭力主张，我的父亲也劝我投考文科一年。为了此事，我费了无数口舌，和父亲争持。终于是我得了胜利，我在实科二年级报了考，而且居然以第一名被录取了。

进了中学以后，因同级同宿舍的有几个老学生，是我小学的同学，大家都相识，所以也不觉困苦。实科二年级的功课非常繁多，用的课本都很艰深。不过我因为在小学里已经学过了许多种中学的科目，所以除英文以外，都不感到十分困难。我在小学中已养成了习惯，往往爱看课外读物，或者写游戏文章。进了中学还是如此。那年绍兴府中学堂的学监是周豫才先生，就是后来用鲁迅的笔名写文的那位著名作家。他在我们这一级，每晚只授生理卫生一小时，但在学校里以严厉出名，学生没一个不怕他。他每晚到自修室巡查。有两次我被他查到了在写着骂同学的游戏文章，他看了不作一声。后来学期快完了的时候，一天晚上我和几个同学趁学监不在，从学监室的窗外爬进屋子里，偷看已经写定的学生操行评语，鲁迅先生给我的评语是"不好学"三个字。这可以想见我在中学时的荒懒了。

上学期匆匆过去了，我通过了学期考试，在家过了暑假。又回到校里。我蛮想平安修完了中学的学业。但下学期到校还未满两星期，便病倒在床上，热度非常高，已失了知觉。府中学堂虽有一名校医，却不常到校。同寝室的同学以及舍监都不知道我病重，把我丢在寝室，没人理会。这一回是亏了对门的老木匠，平时他常来校看我。这次他来看我时，我几已不省人事。他非常着急，马上替我雇了一只划船，亲自把我抱下船。在船里我全无知觉。半夜到了家，忙请我的堂兄，一个医生，诊治到天明方才有些清醒，以后算是渐渐救活了。据医生说，再迟一天我是没救的了。所以这老木匠是我救命的恩人。前几年我经过绍兴已找不到这木匠店和这长厚慈善的老木匠。现在我在这里祝福他。

这一病就病了四个月。伤寒病初愈的时候，身体非常单薄，不能起床，不能阅读书报。每天我要求拿一份报纸来放在床头阅看。母亲和祖母恐怕我过分疲劳不许我多看。

第二年春初，我已完全痊愈，如再进绍兴府中学，因缺了半年的课，非留级不可，我不愿意。我当时忽然做起出洋的梦来，想读好英文，考清华学校去。因此我便进了杭州的英语预备学校。这学校算是专门学校程度的。我这太短促的中学生时代从此便闭幕了。但是至今我还怀想着这热烈奔放的少年期，我痴心盼望这紧张兴奋的一九一一年时代重又到临。

丁玲

（1904 — 1986），作家。

丁玲上学时和瞿秋白的
夫人王剑虹是好朋友。

《丁玲的中学时代》

丁玲的中学时代

——沈从文

当她父亲死去时，家中情形虽不如其他族人那么豪华；当时似乎尚可称为小康之家。那时她还有一个弟弟，做母亲的就教育这两个孤儿，注意这两个孤儿性格与身体的发育，从不稍稍疏忽。做母亲的既出自名门旧家，礼教周至，加之年轻早寡，必须独自处置家事，教育儿女，支配一切，故性情方面，自然就显得坚毅不屈，有些男性魄力。儿女从她身上可以发现父亲的尊严，也可以发现母亲的慈爱，因此使儿女非常敬爱她。她身体既极健壮，又善谈论，思想见解也很有些超常人处，故不独能使儿女敬爱，在社会事业上，也好像是一个自然天生领袖。但丁玲女士，则后来得于母亲方面的，仿佛不是性格，却是体魄。自小从理智方面看来，虽有些近于母亲，感情方面极偏于父亲。直到十余年后，她孤单一人住在上海打发每一个日子，支配她生活上各种行动的，据我看来还依然因为那个父亲洒脱性格的血液，在这个人身体中流动，一切出于感情推动者多，出于理智选择者少。

丈夫死去，带了儿女到常德地方寄居以后，丁玲母亲日子过得自然寂寞了些。虽外家亲戚极多，或由于一种骄气，或由于别的原因，似乎并不对于外家有何依靠。在寂寞俭省情形中打发了一大堆日子，似乎记起了某一时节同那个欢喜马匹的好人所谈的话："为国家找寻一条出条，有钱的出钱，有力的出力，来办教育真可谓最好的事业。"自己如今既然寡居，儿女又慢慢地长大了，一面想把自己儿女好好教育出来，一面又还有些亲戚儿女也需要一个较好学校，故在城里办了一个女子小学，城外办了一个男子小学，学校聘请了些由当地师范学校毕业的年青女子，在半尽义务情形下分担各种课程，自己却不辞劳役，总持其事。经济方面虽非完全出自私囊但多数经费，却必得这近中年的太太，向各处熟人各处商家奔走募集。丁玲所受的教育，就是在她母亲所办的学校起始的。

过不久这一家却发生了一件大大不幸事情，就是那个弟弟在热病中夭殇。这是一个非常的打击，做母亲的所承受的悲哀份量自然十分沉重，假若身体弱些的妇人，定是无可救药，随同儿子和丈夫，离开了这个人间。那小孩子的得病似乎就从丁玲传染而起，小孩死去时丁玲也尚未离开险境。当时母亲一面料理亡者一面却尽力把病倒的一个治好，等到病倒的一个痊愈时，做母亲的头发白了好些了。丁玲到可以入学时，便到离常德地方九十里的桃源县省立第二女子师范肄业。在那女子师范时，学校对于她，完全寻不出什么益处。学校习气太旧，教员太旧，一切情形皆使人难于同意，她当时在那学校成绩也并不怎样出众惊人。但在性情上，则在那里将近两年的学生生活中，对于她有了极大的影响。影响她的不是学校教师或书籍，却由于一些日夕相处的同学。那学校设立在湘西，学生大部分多自湘西边境辰河上游各县而来，同时鄂西，川东，黔北，接壤湘境者，由于方便来学的也不少。边地如邻接湖北的龙山，毗连四川的永绥，靠近贵州的麻阳凤凰县城以及其余各县由于地方固塞，各族杂处，虽各地相去不逾八百里，人民言语习惯，已多歧异不同。女子虽多来自小地主及小绅士同小有产商家庭中，也莫不个性鲜明、风度卓超。各种不同个性中，又有一极其相同处，就是莫不勇敢结实，直爽单纯。女子既感情热烈，平时的笑与眼泪，分量也仿佛较之下江女子特多。丁玲在学校方面虽然并不学到些什么有用东西，却因为跟这些具有原人朴野豪纵精神的集群过了些日子，不知不觉也变成个极其类似的人了。

这种性情当兴新文学以后，"自觉"与"自决"的名词，"自立互相"的名词，以及其他若干新鲜名词，在若干崭新的刊物上，皆用一种催眠术的魔力，摇动了所有各地方年轻孩子的感情。桃源学校方面，也人人皆感到十分兴奋，皆感到需要在毫无拘束的生活中，去自由不羁勇敢劳作好好的生活。一闻长沙有男子中学招收女生的消息，当时，便有若干人请求转入长沙男子中学，其中一个二年级名蒋祎的，便是丁玲。学校方面对于这件事，自然并不给过什么鼓励，事实上却特别加以裁制与留难。家庭则对于这种办法自然觉得太新了一点。于是一些女孩子，便不问家庭意见如何，不问学校意见如何，跑到长沙读书去了。

他们第一次离开桃源向长沙跑去的同学，似乎一共是四个人，除丁玲外，有川东酉阳的王女士，湖南芷江的李女士与杨女士。但到了长沙不久，上海所流行的"工读自给"新空气，在一种极其动人的宣传中，又影响到了几个女孩。同时长沙方面或者也有了些青年男女不可免避的麻烦，在学生与教员之间发生。几个女孩子平时既抱负极高，因此以来，不独厌烦了长沙，也厌烦了那地方的人。故虽毫无把握，各人便带了几部书，以及一笔为数不多的款项，在内河轮与长江轮三等舱中占据了一个角隅，有一天便居然冒险到了上海地方了。

几个人到上海的目的，似乎是入上海大学，那时的上海大学，有几个教授当时极受青年人尊敬，她们一到了上海，自然在极短时间中就同他们认识了。如果不是年龄太小程度不及，便是还有问题，她们当时却只入了平民学校。她们一面读书一面还得各处募捐。为时不久，她们住处似乎就同那些名教授在一个地方了。至少瞿秋白兄弟同施存统三人，是同她们住过一阵的。到后来李姓女子得热病死了，杨姓女子回了湖南，四川酉阳王姓女士，同她便到南京去玩了一阵。当时两个人到南京去住，也许只是玩玩，也许想去做工，但照后来情形看去，则两人是极其失望重回上海的。在南京时两人所住的地方，在成贤街附近一个类乎公寓的住处，去南京高师不远，住处尚有些其他湘籍川籍学生。两人初到南京时，身边还有些钱，故各处皆去玩了一个痛快，但钱一花尽，到后来就只好成天到北极阁晒太阳，上台城看落日去了。两人既同些名人来往，照流行解放女子的习气，则是头发剪得极短，衣服穿得十分简便，行动又洒脱不过，（出门不穿裙子的时节次数一定也很少）在住处则一遇哀乐难于制驭时，一定也同男子一般大声唱且大声地笑。两人既不像什么学生，又不像某一种女人，故住下不久，有一天就得到个署名"同乡一分子"的劝告信，请她们"顾全点面子，不要留在这个地方。"

这误会虽由于两人行动洒脱而来，当时两人却十分不平，把住处几个高师学生每人痛骂一顿。那信上的措辞大约比我所说还温和一些，她们的责备则又似乎比我所写出的还厉害些。那个写信的人虽近于好事，却并非出自恶意，一骂自然不敢出头了，至于其余那些大学生被骂时，起初不明白这是什么事情，到后弄明白了，又不知究竟谁写这个信，自然也就算完事了。

但两人当时情形或者也正极窘，想离开南京亦无法离开。那王女士本是酉阳地方一个富足油商人家的女儿，父亲那时且为众议院的议员，并不至于使一个二十岁女孩子在外流落，丁玲经济情形也不很坏，故两人当时受窘，同"解放"大约多少有点关系。"解放"同"争斗"有不可分离的情形，那时节女孩子既要解放，家中方面虽不能加以拘束，也还能消极否认，否认方面自然便以为暂且停止经济接济，看看结果谁的意见适于生存。两人把手中所有一点点钱用罄后，各处学校去找寻小学教员，却不能得到这种位置。其他粗重工作有些地方虽需要人，但人家一看到她们，却或正需要一个娘姨，也不敢借重这位娘姨了。她们听说有人要绣花工人，赶忙跑去接洽，那主人望望两人的神气，也不敢领教，只好用别的方法说明所雇人业已找到把两人打发走了。既不能好好的读书，又无从得到一个职业，又无其他方面按济，自然就成为流浪人了。

她们又正似乎因为极力拒绝家庭的帮助，故跑到南京做工的。到南京两人所得的经验，在丁玲说来，则以为极有趣味。那时节女人若在装扮上极力模仿妓女，家中即不奖励，社会却很同意。但如果行为洒脱一点，来模仿一下男子，这女人便皆将为人用稀奇眼光来估计了。两人因为这分经验，增加了对于社会一般见解的轻视，且增加了自己洒脱行为的愉快。

当丁玲已经作了海军学生的新妇，在北京西山住下告给我那点经验时，她翻出了一些相片，其中有一个王女士编织绒线的照相，她说那就是初到南京照的。到了那里把钱用尽后，天又落雨极冷，无法出门时，就坐在床上，把一条业已织成多日的绒绳披肩，撤卸下来，挽成一团一团的绒球，两人一面在床上说些将来的梦话，一面用竹针重新来编结一只手套或一条披肩。工作完成以后，便再把它撤散，又把那点毛绳做一件其他东西。当时房东还不很明白这种情形，常用猜询的眼光，注意两个女孩子的工作，有一天，且居然问："为什么你们要那么多毛绳物事？"两人自然并不告给房东那是反复作着玩玩的行为。房东的神气，以及两人自己的神气，却很温暖的保留在各人的印象里。

两人对于贫穷毫不在乎，一则由于年青，气壮神旺，一则由于互相爱好，友谊极好。但另外必仍然由于读了一些新书的原因，以为年青女子受男子爱重虽非耻辱，不能独立生存则十分可羞，故两人跑来南京，一面是找寻独立生活的意义，一面也可说是逃避上海的男子。当时丁玲年龄还不过十七岁，天真烂漫处处同一个男孩子相近，那王女士却是有肺病型神经质的女子，素以美丽著名，两人之间从某种相反特点上，因之发生特殊的友谊，一直到那王女士死去十年后，丁玲对于这友谊尚极珍视。在她作品中，常描写到一个肺病型身体孱弱性格极强的女子，便是她那个朋友的剪影。

我母亲的生平

—— 丁玲

我母亲姓余，闺名曼贞，后改为蒋胜眉，字慕唐。一八七八年生于湖南省常德县。她的父亲是一个宿儒，后为拔贡，官至太守。因家庭是书香人家，我母亲幼年得与哥哥弟弟同在家塾中读书，后又随她的姊妹们学习画画、写诗、吹箫、下棋、看小说，对于旧社会的女子无才便是德的规矩，总算有了一点突破，为她后来进学校，在教育界奋斗十余年，以及熬过长时期的贫困孤寡的生活打下了基础。

后来嫁给我父亲。从我母亲口中知道，父亲是一个多病、意志消沉、有才华，却没有什么出息的大家子弟，甚至乃是一个败家子。我母亲寂寞怅惘、毫无希望地同他过了十年。父亲的早死，给她留下了无限困难和悲苦，但也解放了她，使她可以从一个旧式的、三从四德的地主阶级的寄生虫，成为一个自食其力的知识分子，一个具有民主思想，向往革命、热情教学的教育工作者。

母亲一生的奋斗，对我也是最好的教育。她是一个坚强、热情、勤奋、努力、能吃苦而又豁达的母亲。她留下一部六十年的回忆录和几十首诗，是我保存在箱匣中的宝贵的财产。每当我翻阅这些写在毛边纸上的旧稿时，我的心总要为她的经历而颤栗。

一九一四年春天，我母亲因为没钱，在长沙第一女师未毕业，就去桃源教书了；两年后又转回常德，当学校管理员（即舍监，管理学生思想教育的）。经常到学生家里家访，帮助解决学生家庭的困难。在学生和家长中很有威信。

一九一八年，一件最可怕的事——我母亲一生中第二次最大的打击发生了。我的小弟弟寄住在一所男子高小学校，春天患急性肺炎，因无人照顾而耽误了治疗，不幸夭折了。我母亲懊悔悲伤，痛不欲生，从精神到身体都几乎垮了，但由于向警予等挚友们的开导，我母亲才又振奋起来，并全力组织妇女俭德会，成立附属学校，一年后又毅然辞退高工薪的管理员的职位，离开自己耗费过心血的县立女子高小学校，而专办妇女俭德会的附属小学。同时又创办工读互助团（实即是工读学校），接受贫苦女孩入学，半工半读。她的这些不平常的行动在她的遗稿中是这样叙述的：

"唉，可怜不幸的曼，又从死里逃生。唉，不能够死咧，还有一块心头肉。伤心哟，吾女每见我哭，则倒向怀中喊道：妈妈咧妈妈！作妈妈的怎舍得你，你若再失去妈妈，你如何以为生！只得勉强振作精神，自己竭力排解，从此母女相依为命，从弟家重返县立女校，为千万个别人的子女效劳。"

一九三一年，胡也频牺牲后，我把孩子送回湖南，请她照管，她慨然应允，丝毫没有表示为难。我先把也频被害的消息瞒着她，后来她知道了，但来信从不问我，装不知道，免得徒然伤心。

一九三三年我被国民党绑架后，我母亲写道：

"五月尾，我的乱星又来了。女本有许久未来信，外边传的消息非常恶劣。想法给她朋友去信，或向书店中探听。每到夜静，哀哀哭泣，心肝寸裂，日里则镇静自若，不现一丝愁容。后沪上来信，劝我缓去，并云女决不至于有什么。将信将疑，但亦其可奈何，只能听天由命。"

一九三六年，我为了准备逃离南京，要母亲带孩子先回湖南。我母亲写道：

"纵然难舍我女，但看形势，不能不暂时分手，我应尽个人之力，决定携小孩别伊等之母。从此南辕北辙，晤面难期，前途渺茫，唯靠我一颗忠心，两手操劳，唯愿吾女得志，以图他日相会。"

一九三六年冬，我到了保安，抗战初期，我从延安去信给她。她情绪极高，来信说："我早知道你全心只在'大家'，而'小家'你也不会忘掉的。望努力为国，无须以我等老小为怀。"

一九三八年武汉沦陷前，我想把她和孩子都接到延安。组织上考虑，认为延安非久安之地，孩子可以接来，万一局势变动，孩子是自己的，怎样也可以说得过去，对老人家就难说了。组织上的考虑是对的。因此我去信，请母亲把孩子送到延安。母亲在旧稿中写道：

"两京沦陷，时局日非，只得忍痛割爱，将两小孩若邮局寄包裹样，由四侄送交伊母，吾则飘浮无定踪，非人之生活较前苦百倍矣！"

从此我母亲一人在家乡飘流，有时与难民同居一处，有时同朋友住在山村，有时寄居在我堂兄家里。她曾经收到一点由重庆、上海等地寄去的我的稿费，都是当时胡风、雪峰为我收编的短篇小说集的稿酬。一九四八年，《太阳照在桑干河上》在大连出版，得了一点稿费，我托冯乃超同志辗转给了母亲。这些稿费，数目不多，杯水车薪，于生活上小有补益，但更多的却只是精神上的安慰。

抗战前后，母亲这十余年的生活是够凄凉的，也够磨炼人的。这时期她的来信，常常使我黯然无语。但她总在诉苦之余还勉励我努力工作，教诫孙辈好好读书。我在这些信中看到她将倒下去的衰老的身影，也常常体会到她为等待光明而顽强挣扎的心情。

我母亲熬过了十多年的贫困流浪的艰难生活，于一九四九年新中国成立后终于到了北京。我们一家人欢庆团聚。她虽然年老力衰但兴致勃勃，经常给我们讲乡间生活。她觉得自己多年乡居，与世隔离，知识、思想都落后了。因此她每天都读书看报。

一九五〇年北京组织工作队，到新解放区参加土改时，她向我们提出，要求组织上允许她回湖南参加工作，她说家乡事情她了解，她能工作，她不愿在北京住楼房、吃闲饭。我们很理解她的心情，但以为她的身体实际上是不能工作的，组织上也不会同意的。她便又提出到托儿所去做点事，我们也没同意。我们劝她在家里当管理员，管理伙食，她答允了。她管理伙食两年多，账目清楚，账本至今还在。

我母亲住在北京的几年中，起居定时，早早即起，上午写字抄书，下午做些手工，为我们织毛衣、缝缝补补。为了她的生活方便，我们想请一个保姆，她总不赞成。她的屋子她自己洒扫，她的衣服也是她自己洗涤。一年中的大半年，她总穿一件旧的蓝布夹袍。我给她缝了一件料子的夹袍，但直到她死前，这件夹袍一次也没有穿过。清检遗物时，她的衬衣衬裤、棉衣都是打了补丁的。

我母亲热爱朋友。凡有人来找我，或者开个小会，留在我家便饭时，她总是热情招待。遇到有湖南人在座，她还亲自下厨，烧辣子鱼呢。

她因心血管栓塞，于一九五三年五月四日逝世，终年七十五岁，葬于京郊万安公墓。

一九八０年元月十五日

沈从文

（1902 — 1988），湖南凤凰人，中国著名作家。

《我读一本小书同时又读一本大书》

我读一本小书同时又读一本大书

——沈从文

六岁时我已单独上了私塾。如一般风气，凡是私塾中给予小孩子的虐待，我照样也得到了一份。但初上学时我因为在家中业已认字不少，记忆力从小又似乎特别好，比较其余小孩，可谓十分幸福。第二年后换了一个私塾，在这私塾中我跟从了几个较大的学生，学会了顽劣孩子抵抗顽固塾师的方法，逃避那些书本去同一切自然相亲近。这一年的生活形成了我一生性格与感情的基础。我间或逃学，且一再说谎，掩饰我逃学应受的处罚。我的爸爸因这件事十分愤怒，有一次竟说若再逃学说谎，便当砍去我一个手指。我仍然不为这话所恐吓，机会一来时总不把逃学的机会轻轻放过。当我学会了用自己眼睛看世界一切，到不同社会中去生活时，学校对于我便已毫无兴味可言了。

我爸爸平时本极爱我，我曾经有一时还做过一家的中心人物。稍稍害点病时，一家人便光着眼睛不睡眠，在床边服侍我，当我要谁抱时谁就伸出手来。家中那时经济情形还很好，我在物质方面所享受到的，比起一般亲戚小孩似乎都好得多。我的爸爸既一面只作将军的好梦，一面对于我却怀了更大的希望。他仿佛早就看出我不是个军人，不希望我作将军，却告诉我祖父的许多勇敢光荣的故事，以及他庚子年间所得的一份经验。他因为欢喜京戏，只想我学戏，作谭鑫培。他以为我不拘作什么事，总之应比作个将军高些。第一个赞美我明慧的就是我的爸爸。可是当他发现了我成天从塾中逃出到太阳底下同一群小流氓游荡，任何方法都不能拘束这颗小小的心，且不能禁止我狡猾的说谎时，我的行为实在伤了这个军人的心。同时那小我四岁的弟弟，因为看护他的苗妇人照料十分得法，身体养育得强壮异常，年龄虽小，便显得气派宏大，凝静结实，且极自重自爱，故家中人对我感到失望时，对他便异常关切起来。这小孩子到后来也并不辜负家中人的期望，二十岁时便作了步兵上校。至于我那个爸爸，却在蒙古、东北、西藏，各处军队中混过，民国二十年时还只是一个上校，在本地土著军队里作军医（后改为中医院长），把将军希望留在弟弟身上，在家乡从一种极轻微的疾病中便瞑目了。

我有了外面的自由，对于家中的爱护反觉处处受了牵制，因此家中人疏忽了我的生活时，反而似乎使我方便了好些。领导我逃出学塾，尽我到日光下去认识这大千世界微妙的光，稀奇的色，以及万汇百物的动静，这人是我一个张姓表哥。他开始带我到他家中橘柚园中去玩，到城外山上去玩，到各种野孩子堆里去玩，到水边去玩。他教我说谎，用一种谎话对付家中，又用另一种谎话对付学塾，引诱我跟他各处跑去。即或不逃学，学塾为了担心学童下河洗澡，每到中午散学时，照例必在每人手心中用朱笔写个大字，我们尚依然能够一手高举，把身体泡到河水中玩个半天。这方法也亏那表哥想出的。我感情流动而不凝固，一派清波给予我的影响实在不小。我幼小时较美丽的生活，大部分都同水不能分离。我的学校可以说是在水边的。我认识美，学会思索，水对我有极大的关系。我最初与水接近，便是那荒唐表哥领带的。

现在说来，我在作孩子的时代，原本也不是个全不知自重的小孩子。我并不愚蠢。当时在一班表兄弟中和弟兄中，似乎只有我那个哥哥比我聪明，我却比其他一切孩子懂事。但自从那表哥教会我逃学后，我便成为毫不自重的人了。在各样教训各样方法管束下，我不欢喜读书的性情，从塾师方面，从家庭方面，从亲戚方面，莫不对于我感觉到无多希望。我的长处到那时只是种种的说谎。我非从学塾逃到外面空气下不可，逃学过后又得逃避处罚。我最先所学，同时拿来致用的，也就是根据各种经验来制作各种谎话。我的心总得为一种新鲜声音，新鲜颜色，新鲜气味而跳。我得认识本人生活以外的生活。我的智慧应当从直接生活上吸收消化，却不须从一本好书一句好话上学来。似乎就只这样一个原因，我在学塾中，逃学纪录天数，在当时便比任何一人都高。

离开私塾转入新式小学时，我学的总是学校以外的。到我出外自食其力时，我又不曾在职务上学好过什么。二十年后我"不安于当前事务，却倾心于现世光色，对于一切成例与观念皆十分怀疑，却常常为人生远景而凝眸"，这分性格的形成，便应当溯源于小时在私塾中逃学习惯。

自从逃学成习惯后，我除了想方设法逃学，什么也不再关心。

有时天气坏一点，不便出城上山里去玩，逃了学没有什么去处，我就一个人走到城外庙里去。本地大建筑在城外计三十来处，除了庙宇就是会馆和祠堂。空地广阔，因此均为小手工业工人所利用。那些庙里总常常有人在殿前廊下绞绳子，织竹簟，做香，我就看他们做事。有人下棋，我看下棋。有人打拳，我看打拳。甚至于相骂，我也看着，看他们如何骂来骂去，如何结果。因为自己既逃学，走到的地方必不能有熟人，所到的必是较远的庙里。到了那里，既无一个熟人，因此什么事都只好用耳朵去听，眼睛去看，直到看无可看听无可听时，我便应当设计打量我怎么回家去的方法了。

来去学校我得拿一个书篮。内中有十多本破书，《包句杂志》《幼学琼林》到《论语》《诗经》《尚书》通常得背诵，分量相当沉重。逃学时还把书篮挂到手肘上，这就未免太蠢了一点。凡这么办的可以说是不聪明的孩子。许多这种小孩子，因为逃学到各处去，人家一见就认得出，上年纪一点的人见到时就会说："逃学的，赶快跑回家挨打去，不要在这里玩。"若无书篮可不必受这种教训。因此我们就想出了一个方法，把书篮寄存到一个土地庙里去。那地方无一个人看管，但谁也用不着担心他的书篮。小孩子对于土地神全不缺少必需的敬畏，都信托这木偶，把书篮好好地藏到神座龛子里去，常常同时有五个或八个，到时却各人把各人的拿走，谁也不会乱动旁人的东西。我把书篮放到那地方去，次数是不能记忆了的，照我想来，次数最多的必定是我。

逃学失败被家中学校任何一方面发觉时，两方面总得各挨一顿打。在学校得自己把板凳搬到孔夫子牌位前，伏在上面受笞。处罚过后还要对孔夫子牌位作一揖，表示忏悔。有时又常常罚跪至一根香时间。我一面被处罚跪在房中的一隅，一面便记着各种事情，想象恰如生了一对翅膀，凭经验飞到各样动人事物上去。按照天气寒暖，想到河中的鳜鱼被钓起离水以后拨剌的情形，想到天上飞满风筝的情形，想到空山中歌呼的黄鹂，想到树木上累累的果实。由于最容易神往到种种屋外东西上去，反而常把处罚的痛苦忘掉，处罚的时间忘掉，直到被唤起以后为止，我就从不曾在被处罚中感觉过小小冤屈。那不是冤屈。我应感谢那种处罚，使我无法同自然接近时，给我一个练习想象的机会。

家中对这件事自然照例不大明白情形，以为只是教师方面太宽的过失，因此又为我换一个教师。我当然不能在这些变动上有什么异议。这事对我说来，我倒又得感谢我的家中。因为先前那个学校比较近些，虽常常绕道上学，终不是个办法，且因绕道过远，把时间耽误太久时，无可托词。现在的学校可真很远很远了，不必包绕偏街，我便应当经过许多有趣味的地方了。从我家中到那个新的学塾里去时，路上我可看到针铺门前永远必有一个老人戴了极大的眼镜，低下头来在那里磨针。又可看到一个伞铺，大门敞开，做伞时十几个学徒一起工作，尽人欣赏。又有皮靴店，大胖子皮匠，天热时总腆出一个大而黑的肚皮（上面有一撮毛！）用夹板上鞋。又有剃头铺，任何时节总有人手托一个小小木盘，呆呆地在那里尽剃头师傅刮脸。又可看到一家染坊，有强壮多力的苗人，踹在凹形石碾上面，站得高高的，手扶着墙上横木，偏左偏右的摇荡。又有三家苗人打豆腐

-72-

的作坊，小腰白齿头包花帕的苗妇人，时时刻刻口上都轻声唱歌，一面引逗缚在身背后包单里的小苗人，一面用放光的红铜勺舀取豆浆。我还必须经过一个豆粉作坊，远远的就可听到骡子推磨隆隆的声音，屋顶棚架上晾满白粉条。我还得经过一些屠户肉案桌，可看到那些新鲜猪肉砍碎时尚在跳动不止。我还经过一家扎冥器出租花轿的铺子，有白面无常鬼，蓝面阎罗王，鱼龙，轿子，金童玉女。每天且可以从他那里看出有多少人接亲，有多少冥器，那些定做的作品又成就了多少，换了些什么式样。并且还常常停顿下来，看他们贴金敷粉，涂色，一站许久。

我就欢喜看那些东西，一面看一面明白了许多事情。

每天上学时，我照例手肘上挂了那个竹书篮，里面放十多本破书。在家中虽不敢不穿鞋，可是一出了大门，即刻就把鞋脱下拿到手上，赤脚向学校走去。不管如何，时间照例是有多余的，因此我总得绕一节路玩玩。若从西城走去，在那边就可看到牢狱，大清早若干人带了脚镣从牢中出来，派过衙门去挖土。若从杀人处走过，昨天杀的人还没有收尸，一定已被野狗把尸首咋碎或拖到小溪中去了，就走过去看看那个糜碎了的尸体，或拾起一块小小石头，在那个污秽的头颅上敲打一下，或用一木棍去戳戳，看看会动不动，若还有野狗在那里争夺，就预先拾了许多石头放在书篮里，随手一一向野狗抛掷，不再过去，只远远的看看，就走开了。

有时逃学又只是到山上去偷人家园地里的李子枇杷，主人拿着长长的竹竿大骂着追来时，就飞奔而逃，逃到远处一面吃那个赃物，一面还唱山歌气那主人。总而言之，人虽小小的，两只脚跑得很快，什么茨棚里钻去也不在乎，要捉我可捉不到，就认为这种事很有趣味。

可是只要我不逃学，在学校里我是不至于像其他那些人受处罚的。我从不用心念书，但我从不在应当背诵时节无法对付。许多书总是临时来读十遍八遍，背诵时节却居然朗朗上口，一字不遗。也似乎就由于这份小小聪明，学校把我同一般同学一样待遇，更使我轻视学校。家中不了解我为什么不想上进，不好好地利用自己聪明用功，我不了解家中为什么只要我读书，不让我玩。我自己总以为读书太容易了点，把认得的字记记那不算什么稀奇。最稀奇处应当是另外那些人，在他那习惯下所做的一切事情。为什么骡子推磨时得把眼睛遮上？为什么刀得烧红时在水里一淬方能坚硬？为什么雕佛像的会把木头雕成人形，所贴的金那么薄又用什么方法做成？为什么小铜匠会在一块铜板上钻那么一个圆眼，刻花时刻得整整齐齐？这些古怪事情太多了。

我生活中充满了疑问，都得我自己去找寻解答。我要知道的太多，所知道的又太少，有时便有点发愁。就为的是白日里太野，各处去看，各处去听，还各处去嗅闻，死蛇的气味，腐草的气味，屠户身上的气味，烧碗处土窑淋雨以后放出的气味，要我说来虽当时无法用言语去形容，要我辨别却十分容易。蝙蝠的声音，一只黄牛当屠户把刀插进它喉中时叹息的声音，藏在田塍土穴中大黄喉蛇的鸣声，黑暗中鱼在水面拨剌的微声，全因到耳边时分量不同，我也记得那么清清楚楚。因此回到家里时。夜间我便做出无数稀奇古怪的梦。这些梦直到将近二十年后的如今，还常常使我在半夜里无法安眠，既把我带回到那个"过去"的空虚里去，也把我带往空幻的宇宙里去。

章克标

（1900 — 2007），作家。出版家。

民国时期嘉兴中学毕业证书。

《我的中学生时代》

我的中学生时代

——章克标

我的中学校是浙江的省立第二中学，地点在嘉兴。我毕业是在民国七年的夏季，记得不曾留级过，那么上推四年，入学的时期当在民国三年的秋季。那时我年龄已经十五岁了（约满十四岁），不过因为生得很小，所以坐火车还买半价票子的。等到入学之后，我才发见了我的年龄太小，全级分二班，计一百余人之中，操体操排队伍时，我总在末尾的前一二位吧。在全级也是全校学生中，年龄比我小的，幸而还有一人，同年级的，倒也有三四人，但因为年幼，体力不如别人，相打起来总吃亏，这是我当时顶不平的。

更不平的还有，当时学校的舍监先生们，我们都叫他们"饭桶"的，很明白达尔文《进化论》的原理，见了强大凶横的学生，不但不敢干涉一切，而且常示以谄笑的颜色，而对我们弱小的幼年生，则如同小鬼群。我曾经被学校当局大加一顿训斥，以致涕泗横流，而且受了记大过一次禁假三星期的处罚，也就是为了舍监先生中之一人，我叫了他的雅号"胡子"，恰被他走在我背后听见了，也许是当面叫了他一声"饭桶"，所以使得他十分动了怒吧，这事情的实际我已记不清楚了，但在学校中的成绩报告单上，我的操行就此被填了个"丁"字，而且以后无论如何安分守己，也总不能超过"丙"字。不过我自信，我的操行，恐怕在全校学生中，也可以算是一个善良好学生，因为我是个无能力的人。

在智力一方面，聪敏我倒还算可以，读书很不用心，但总能保持及格以上的分数，每到了大考的时候，别人要特别用功，早起晚眠，甚至于私下买了洋烛"开夜车"，我却反其道而行之，故意和别人作耍，弄到别人叫苦，发怒，我才哈哈大笑，自鸣得意。这一点是少时自己卖弄聪明的不好行为，但别人对我的不好行为，却因为考试的结果，我总还可以及格而非常敬佩，所以使我益加得意了。这在别一方面的理由，是由于学校当局奖励体育及运动，我们生了误解，以为顽皮也是运动之一种。

那时候，二中的校长是计仰先先生，在我们入学的一年上，他对于学生的体育特别关心起来，像强迫教育一样，有一种强迫运动的规则发布。在下午四时功课完毕以后，每个学生都须到操场上去参加各项的运动，那时把自修室和寝室上了锁，便是躲在厕所里谈天的，也去驱逐出来，都得在操场上，即使什么事不做，也得站在操场上。于是操场的面积觉得太小了，便买了祥符寺邻旁的桑地，掘起了桑树，把它扩充为运动场。

次年，更加以整顿扩充，在学生身上征收新规的运动费，运动的设备也极度加以整顿，顶值得记述的，是买了几艘外国人用的旧的短艇，作赛船之戏，在校后的河岸上，新筑了码头，于是放船下去，出了水西门，便是运河，水手们便可以大显身手了。别种的运动也都有，足球，网球，篮球，排球，棒球（室内式），连田径赛部特地筑了个煤屑的跑道圈，还聘请了一位德国人来做体育指导，钱恐怕实在花了不少。结果，足球便雪了十年来之积辱，打败了同地的教会学校的秀州中学；网球的友谊比赛，也占了上风；漕艇，因为全省中没别处可以比赛的，只能与杭州的之江大学作了一次试赛。再一年后，派了二十名选手初次加入浙江的省中学联合运动会，有SM符号的青色运动背心，震惊了全杭州的青年，虽则不曾夺得锦标，而已声动了一时的耳目，因为失败是由于二三个运动员的过失，而实力之强，则是众目所共睹的。

在这样一种尚武的风气之下，使我对于各项运动件件都有点门径，但是因为喜玩的太多了，所以一项都不精。无论水上，陆上，田径赛，球类，我都爱好，但我总不能成为一个有专长的选手，第一因为我体力弱，实力不充足，是没有办法的。不过成不了选手也不至于使我不欢，反而有不受拘束的自由，并且真的运动趣味，也与选手不选手无关系，我对于运动，当时是很爱好的。星期日休假日总在运动场上玩，读书的时间很少，而运动的时间较多，如其在夏天，更甚。因为出去习水泳和漕艇，有时放船到南湖，有时放船到三塔湾，总要到过了规定的晚饭时间才能回校。校中也特别优待这十多个人（因为船只有三艘，只能容十余人），晚饭也预备了较丰富的菜肴，我有时也得享这特殊的厚惠。

那时候饭吃得很多，有一次友朋间比赛吃饭，我也可以吃到八碗，顶多的一位吃了十四碗，那用的碗也并不小，总足容三百克水量的样子。平常我也可以吃四五碗饭，现在每次吃不上两碗，已经饱得不堪，真有点不胜今夕之感。自然那时候身体很好，气力虽不很大，但是很有一点长力、持久力。譬如我在二百多米长跑圈上，可以跑三四十个圈子，譬如我一天到晚连续去做各项运动，到末了也并不觉得疲倦，真是不容易的。

体育方面多放了注意，在功课上多少总有点影响。第一学年考试的结果，我们一年级全级中，没有一个人平均成绩在甲等即八十分以上的。但是成绩都比较平均，虽则也有几位无法升级的，全体的总平均倒也和别的级上不相上下。我个人是位在中间，不坏也不好，得了孔子的中庸之道。不过到了三四年级上，我的分数却比较多了，那因为关于艺术科即音乐、绘画、手工等科目，我是很不得意的，而数学理化方面我比较可以多得些分数之故。而且在初时我进了学校也并不把分数放在心上，后来因为别人都很用功读书，我也稍稍受了点感化。

本来，在各项科目中，国文也是我喜欢的一科，在第一二年级上，每次作文的成绩，我总在第五名前后的，但到了第三年上，担任我们国文的朱蓬仙先生到了北京，换了一个先生来，是一个别有一派的先生，我的名次突然降低了，竟降到了倒数第五六的地步，这样我对于文章的兴趣就削减了。那时刚开始学几何，又感到了新的兴味，就转到了算学一方面来，这一转换，令我走错了十年的路程！我中学毕业后，就到日本，次年三月，进东京高等师范学校，入算学校，东京高师毕业后，又入京都帝大算学科，一年之后，对于算学又讨厌起来，现在差不多又与算学绝缘了。

学校生活是一种团体的生活，我们那时大都是寄宿生，全校学生三百人，通学的不到三十人，所以这二百七十余的青少年男子，来构成一大集团的生活，确也很有兴味。这一群人之中，年纪最大者约二十三四，最小者十三四岁，相差有十几上下，是不能和谐在一起的。他们年长的有年长的小团，星期日大抵是到街上去走，游南湖烟雨楼或者到杉清闸品茶、庆丰馆喝酒等等，而我们年少的，还不曾知道这些趣味，只能在校门口买零碎果饵小食吃，及在运动场上玩。

赌博的事体，大概也免不出有，那是年长者的玩意儿，总是在校外干的。因为校内的规则检查极严，在厕所中时常有学监先生去查香烟出来而把人记过，在寝室里查处了私看小说而被记了过的朋友也有，那搜了去而极可惜，我记得像是《留东外史》，本要借来看的，我也没有法借了。眉目姣好一点的同学，受人们的倾倒，也是事理之常。

提倡运动之后，尚武的风气所生必然的结果，是一种尊重粗蛮的精神，我那时也很感染着，衣裳穿得愈破愈污，自以为愈加光荣，在第四学年上，冬天的穿服，大衣都破了，我也不再做新的以增加家庭的负担，穿了那有不少破洞的衣服在街上走，使得路人侧目而我是意气扬扬的。（后年到了日本知道东京第一高等学校也正有这一种风尚，很使我发了会心的微笑。）不过这风气好像只是一时的，我们毕业之后不久，即使是运动选手也要红红绿绿的美丽运动衫了。

路人常常说，中学生的生活是人生中顶快乐的时期，但我一点也没有此种感想。因为我家很穷，进中学也是勉强的，父亲因为我资质比较还好，所以勉强送我进中学去的。本来我先去考清华学校的，父亲同我到杭州去投考，自然不曾被录取，那时的清华学校，每省有定额的学生，而此录取是操之若干私人的掌握之中，考试不过一种骗人的形式，是我后来才知道的。因为很穷比之同学们在物质的享受上，什么都不如，所以我总不曾得到快乐过，虽则过分的不快也没有。

我在嘉兴读了四足年的书，嘉兴城中的街道我还不十分认识，那可以知道是大体不大到外边去走的；因为外边去走总要花钱，而我没钱，还是留在校中打打球洗洗自己的衣服更好。特别可以记述的事情，我实在没有，所以上面记述的也很少我个人的事情，但是一个人的在团体中生活，正该投入于团体。而作为团体的一分子，我的中学校生活很少我个人的事情，就可以算合了这一条原理吧。那么，这真是意外的收获了。

谢冰莹

（1906－2000），原名
谢鸣岗。作家。

北京女师大师生合影

《大学生活一片断》

大学生活一片断

——谢冰莹

我能够到北京女师大去上学，首先就要感谢我那位负担我费用的三哥，他因为看到我在上海的流浪生活太穷困了，所以劝我到北京去上学。我知道他的苦心与用意，艺大同学解散，那时环境又不安谧，他就要我立刻离开上海。他生怕我闹出什么乱子来，但我始终不愿离开上海。虽然穷到连四天吃一顿饭、每天吃两个烧饼都不可能，我仍然愿意留在上海喝马路上的西北风，而不接受他的津贴到北京去。

我的强硬的个性，引起了三哥的反感。他第二次和我断绝兄妹关系，我反而觉得很高兴，一个人不受别人的限制，自由自在，多么痛快！而且，我相信社会就是一所大学校，只要我能刻苦用功，总可以求到一些知识，何必一定要进大学呢？

后来不知怎的，三哥又自动地和我讲和了，他再三劝我到北京去。曼文说："你这人实在太古怪了，有机会读书，为什么要放弃？"

我被她这几句话说服了。我终于登上了开往天津的海船，记得很清楚，那天正是劳动节，送行的只有一个好友宋君青平。

到了北京最初住在河北省妇女协会，一星期后就搬到《国民日报》去了。我和小鹿合编副刊。谁知不到两个月，报又停刊，只好又回到妇女协会去住，每天尽看些文艺方面的书，并没有预备投考的功课。

记得那时，我最喜欢跑去一家书店买书，这是杨春洲先生兄弟开的，专售新文艺书籍，辉远先生曾向我宣传要我买《旅行日记》看，后来我们终于成了朋友。

女师大的生活开始了，过了半年很平安的日子。这里是不收学费的。膳费，书籍费，零用，三哥都为我准备好了；而且有一件我梦想不到的事，他还替我做了一件大衣，虽然这是一件并不怎样能御寒的外套，但比起在上海下雪天也只有一件破旧的薄棉袄（而且是王莹送给我的）穿在身上来，不知温暖到什么地步了。

似乎命运注定了我生来就要受苦似的，三哥突然要回长沙教课了。因为他每月的收入没有在北京的多，他停止供给我求学的费用。这打击使我不知如何是好。不读书吧，又觉得去掉一个机会实在太可惜了；读吧，即使卖文章可以弄到每月的吃饭钱，而穿衣，买书，以及零用从什么地方来呢？何况我那时还要帮助一个男人的家庭生活，自己又有孩子了。幸而好，有两个朋友，他们见我穷得太可怜，于是自己让出功课来给我教。我还记得安徽中学是每小时一元，大中中学却只有七毛五。我每星期担任十二小时的国文，改作文簿九十五本。一面读书，一面教课，有人说这对于自己很有益处。然而我那时觉得这就是一句话而已，实际上是非常痛苦的。自己牺牲了功课不上，去教人家，已经损失很大了，何况改卷子这件事是最麻烦的事，常常改到半夜还不能睡。说也奇怪，我那时的身体简直像铁打的那么结实，一连十多夜不睡，也不感到疲倦。为了有一次半夜爬起来去偷开点灯的总机关而触电，此后就买了很多洋蜡烛来点着工作。我的习惯是这样：晚上十二点以前改卷子，十二点以后整个的宿舍都寂静了，我就开始写文章。

那时只有一家小报欢迎我写稿，但是可怜得很，每千字只有五毛的代价，不过从不拖欠，按月有发。我当时的笔名很多，如紫英，英子，格雷，林娜等等，从不用冰莹两个字。有时写得多，每月也可拿到十五元的稿费，连薪水合计起来有四十多元一月的收入，从表面看来，我的生活应该还可以过得去，但是光就车费一项来说，就得花七八元一月，还要雇老妈带孩子，还要寄钱去维持三个人的生活费，我自己当时的生活情形是怎样的呢？

超人、云仙和我，三个人同住在一间寝室，每次吃饭都是一同到食堂里去的，为了我们的食量太大（我那时除了每餐吃三碗大饭之外，还要吃两个馒头，为生平最能吃饭的时期）而又没有这么多钱付饭钱，只好做出不道德的剥削厨房的事来。每回吃完了饭，照例要喊厨房算账（这是零食部，每顿结算一次，有的当时给钱，有的写在账簿上。）

"几碗饭？"

"五碗饭，两碗稀饭。"

"嗬，三个人吃的那么少？"

矮子厨房老师带着讥笑与怀疑的口吻说。

"什么话？难道吃了你的饭还少报吗？"

究竟是我们的威风，他终于喊着怨气低着头走开了。

大概像我们一样揩厨房油的小姐太太们不在少数，所以忽然有一天发现食堂里每只饭桶旁边都有一个人在站岗了，起初大家都不知道这是怎么回事，等我们拿着空碗走近饭桶时，立刻这岗警就恭恭敬敬地将你手里的碗接过来盛饭，这时大家才恍然大悟了。

"他们真厉害，明天我们去买个大碗来吧！"

有一次我欠了厨房七块多钱，他天天跟在我的后面讨债，为了害怕他，我连食堂门口都不敢经过，一连过了四天吃红薯和烧饼的生活。

那是一九三〇的阴历年，我偷偷地跑到朋友静芬那里去躲债。回来云仙告诉我，厨房的老师已来找过我三十多次，他甚至要陈妈把我的箱子搬给他，后来经她担保我回来就有还的，他才不闹了。其实，他哪里知道我的箱子里只有几件破衣，一些稿件和书信呢。

冬天，雪花飘满了大地。

女师大的会客室里，挤满了手提溜冰鞋的西装少年，他们在恭候着小姐们出来一同去北海公园溜冰。我呢，缩着头，夹着讲义在冰道上候着电车。雪下得更大了，全身都变成了白色，鼻孔里流下的清水，立刻变成了两条小冰柱。有时连电车也不能开行了，就一步一步地踏着走去。晚上，小姐们都围着暖气管替情人织绒衫，开留声机，唱流行曲，打哈哈。我呢，几颗蚕豆，一杯白开水，喝着，嚼着，也自有无穷的乐趣。

夜深了，她们都入了甜蜜的梦乡，只听到我的笔在纸上沙沙地响。

写，拼命地写吧，为了生活，我像一只骆驼那么负着重担在沙漠里挣扎着前进……

女师大校貌

尤墨君

(1888 — 1971)，即尤玄父，江苏苏州人。杭州等地师范学校教员。作家。著有《碧玉串》《新苏州导游》等著作。

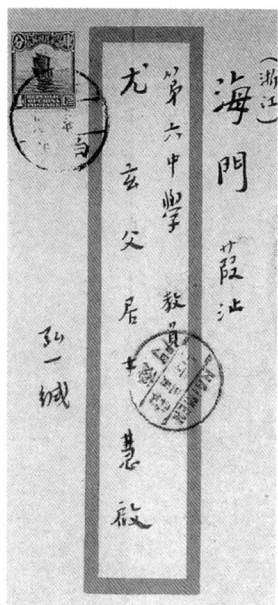

（浙江）

海門

第六中学 教員 尤

玄父 居士

慧啟

弘一緘

1920 年 9 月，弘一大师来到浙江衢州，居于莲花寺，与在附近学校教书的尤墨君相识，自此开始书信往来。

《珍奇的杂忆及其他》

珍奇的杂忆及其他

——尤墨君

"中学生时代",在我的小传中最可宝贵的一章里,——于今思之,尤觉得恋恋呢。

《一》投考中学的经过

这是二十五年前的事。苏州府中学堂(以下简称府中)招收学生了。那时我还在第一民立小学堂里读书,每年学费和膳宿费,记得要用去父亲的心血钱六十四元之巨。假使我做了中学生呢,我可以免费入学,因为官办学堂,当时都不收一切费用;而府中也是官办的。这是投考府中的原因。然我敢说,那次我即考不取,父亲年年也断不会吝出此一笔巨款的。他早年失学,期望于我者甚大。

在那时的青年,能识得几句英文,已经有"洋学生"的资格;何况我读了英文已近三年。往府中报名时,我遂犯了夸大狂,写上:英文曾读四年。那时考试全凭学力,故报名无须经过验文凭的手续,而且照片也无须缴,费也不用纳,只要请府学教谕保得"身家清白"

就行了。考试只注重中文，英、算可考可不考，什么"各科常识"在那时还没有这新奇的名称呢。

初试的中文题是："易与天地准，故能弥纶天地之道义"须作三百字方为完卷。这题，假使在今日有人要请我做成一篇什么"义"，我只好交白卷了。可是我当时如何完卷，自己也不知道。我只知道这题出于《易经》。

大概时隔半月。有位私塾里的同学许君来告我说："府中初试，你已录取，你为什么不去复试？那日复试，县办（即校长）许太尊亲临点名。他见你不到，并且还说，他的学堂开办才逾二年，学生的英文程度也不过只有二年多呢！"许君又告我，那日因复试报到者很少，所以府中已择地某日，续行补考。

我怀着一种又惊又喜的心理去应复试：喜的是，初试我居然录取；惊的是，英文考试，我恐怕要丢脸。那日的中文试题是："王珪以师道自居论"。下午英文考试时，一辈监试及与试的员生对我都很注目。李君磐先生（府中的英文正教习，当时教员称教习）问我读过什么读本和文法后，即指着《字林西报》上的一则《路透电》命我朗诵解释，那报本执在他手中的。然后我退坐在指定的地方听候笔试。李先生真要难我，他就把《字林西报》上的一则火警新闻译成中文，再命我还原——译成英文。还有，一位英文副教习陈保之先生说："英文究竟有几年程度，只消他一动笔，便可试出啦！"我想，我真要丢脸了。李先生和颜悦色地在旁监视着。我才译得一半，他即说"好了！"同时他还估值似的断定我的英文程度只有二年半。

主试宋委员便提起朱笔，在我的中文试卷面上批道："英文有二年半程度，甚好！"他还笑嘻嘻地把批语给我看。那张胖胖的脸儿上，夹着几点麻点，我现在还有些记得哩。

府中揭晓了，学生正取二十名，我侥幸取在倒数第一！

《二》我是中学生

入学手续，很是简单。报到后，我在书办处（即书记室）领了一张值洋五角的"结"。（即志愿书）这五角是那书办的缮写费，也是他们的特别收入。

"府中的校舍是多么宏大而深邃呀！"我走近我的自习室（现称自修室）里时，这么奇异地想着。一位姓沙的同学指导我备了红帖。我于是随了斋夫（即校工）往东往西的拜谒老师。

等到一切手续办竣，我俨然是个中学生了！

《三》 我的中学生生活

府中里学生分级是如此的：中、英、算程度哪种高的，编入"前堂"；次的，编入"后堂"。（那时府中里的教室共有二间：一在前进，一在后进。）中文和算学，我初俱在后堂上课；英文则编入前堂"甲组"听讲。（这甲组的名称，还是我今日自定的，因为那时在前堂听讲的同学分有二组故。）这倒颇如现在小学的复式编制，也很合现在中学的能力分组。

第一天上中文课那位张孚襄先生踱进课堂时，各同学齐都起立向他作了一个揖，他也还揖。我才知道，中学生待老师的礼节要这样隆重。讲义发下后，我才第一次看到真笔版的油印讲义。

作文的题目，无非是什么"四书义"和什么"史论"。做得最好的，每次至多不过得十二分。我初做中学生，作文分数常得到九分以上。有时我得着十二分，那篇文章，我真不厌百回读啦！十三分我没有得着过，便是各同学也没有得着过！

历史和地理亦是张先生教的。我们每课至少要做札记一则，发表心得。做得最好的，每次可得四分。

后来我升入前堂上课了。那位王鹤琴老师，道貌尊严，须发皤然，我们都称他为"府中之大老"。他教我们作文须朴实说理，力避浮辞滥调；又教我们《说文》，又教我们破体字和俗字一概不许写。当他高坐在讲坛之上替我们改文卷时，我对了他生出无限敬意。没有他，我怎知什么字有破体俗体之别，又怎知什么《说文》，又怎知什么作文要避浮辞滥调呢？

英文呢，我初读的是《巴德温氏》《读本三集》和《纳氏文法二集》。李君磐先生对我们同学非常和蔼。他常取报纸上的地方新闻或摘录《阅微草堂笔记》，命我们试做翻译。有时我们也学写信，或作短文。分数多少，他不发的；我们当时也少注意到它。

算数从命分（即分数）授起，教我们的教习是王强之先生。他不用课本，不用讲义，全口授。当他背了我们在黑板上演算之际，我看到漆黑的黑板上衬着雪白的白字，式既整齐，字又漂亮，如读完好之碑帖不禁大羡。可是我屡要学他，终学不像。黑板演习之外，我们在夜里还要做习题。学到百分法，我们升入学堂乙组了。霍得龙先生，异常严厉。一次黑板演习算不出，他便要天天叫着你！我初次演习，总算被我逃过了一重难关。此后，他也不常叫着我了。例题，每夜自习时，我们常要做到三十题以上；分数呢，亦至多不过十二分。算数授完了，他教代数，并告诉我们还有"大""小"之别。

在那时有位外国人或留学生来做中学教习，是值得重视的。博物理化教习叶基植先生曾留学日本，我们都视他为崭新的人物，常请他讲些日本的政教风俗。他并谙催眠术，——据彼自云——我们屡次请他一试，他总不允。图画一科是一位日本村井先生教授，叶先生作译人。我还记得第一次画铅笔画，我们临摹的是一把茶壶。这二位先生上课时，向他们"作揖"的敬礼始改为"鞠躬"。

体操教习屡屡易人，故我已不得记他们的姓名了。上操时，对教习的敬礼是"举手"。逢雨天，我们也要上操，因为有一间在当时所视为很大的雨天操场可以容我们操徒手，所以没法可以避免。什么课余运动是没有的。踢足球，盘杠子，跳木马，走天桥都可随各人的所好而大玩一下。

课余，我们又可自由出入。府中面对沧浪亭，中隔清流。亭外假山，嶙峋可数；我常优游其间，大有徜徉湖山之乐。

夜里自习，最是辛苦。我作札记，做翻译，演算草，连《红楼梦》和《水浒传》都无暇偷看。

《四》 我的收入

中学生是分利者，我有什么收入呢？是不是投稿卖文么？不完全没有这回事。即有，我恐亦不敢作此妄想。我的收入是"分数钱"和奖金。

府中注重积分：中、英、算三科的分数，按月一结。成绩优者，可得奖金，我们称它为"分数钱"。"分数钱"的支配，操在各教习之手；得奖的标准，他们各自为政，从不公布的。体操一次不缺课，"分数钱"亦可得洋五六角。我每月平均可有四五元的收入，零用及置办衣服等费都取给于此。犹忆某年初夏，我做了一件黑羽纱长衫和一件铁线纱马褂，几耗去我一月多的分数钱：同学们见我有这种鲜衣华服，无不啧啧称羡哩。

还有会考的奖金。府中每隔一月或二月，举行中、英、算各科会考。名次取得高的，可以得奖。每次我可得洋四五元或六七元不等。

《五》 中学生时代的终了

我在府中读了二年多。右邻可园里忽大兴土木，奏准设立的游学预备科已择定那园作为校址了。府中奉到一纸公文，命保送优等生若干名与试。那时学堂已改作绅办，"总办"也改称"监督"。监督江霄怀先生便派定朱、秦、杨三位同学和我四人前往应考。我们知道了，人人都忧形于色，因为游学预备科是造就出洋人才的专校，入学考试一定不易。而且有官费出洋的希望，投考的人一定很多。

倘使考试失败，我们又何以负学堂保送之望呢。

一天，我们上罢英文课，王鹤琴老师笑逐颜开地走来向李君磬先生说道："我们保送的四人都已录取了。"李先生问道："谁的名最高？"王老师说："墨君列在第六名。"

我的小传中最可宝贵的一章——中学生时代——于是要告结束了。霍得龙先生护送我们入游学预备科，并填写保证书。我们每人应缴的保证金五元，亦由府中缴付的。

我初入学时，眼高于顶，以为我的学问至少可以够得上"预备出洋"四字了。哪知名次比我低的同学还要胜我几倍。

《六》珍奇的杂忆

我入中学，仅花了洋五角。

我在中学，每月可得"分数钱"。

官办时，校长称"总办"；绅办时，校长称"监督"。"校长"二字，我未曾听到过；

上课，退课；起身，就寝；摇铃为号。吃饭则敲梆。"一声梆子声，蜂拥上饭堂"，这是何等的情状啊！

对教师致敬分三种：（一）作揖，（二）鞠躬，（三）举手。

每逢初一与十五，我们须谒圣（即拜孔子）。

戴上金边的平顶陆军帽，穿上镶边的黑布操衣，我徜徉于市，有人指着我说，这是留学生！

夜里自修点灯是"油盏"，我们每月可领"火油钱"四百文。

作文，札记，算草各簿，每隔一月发一次。同学见我有余愿以洋烛和我交换。

若说我是中学毕业生我却未曾取得一张文凭；若说我未曾毕业，游学预备科却承认我有考试资格！

陈衡哲

（1890 — 1976），祖籍湖南衡山，1914 年考取清华留美学额后赴美，先后在美国沙瓦女子大学、芝加哥大学学习西洋史、西洋文学，分获学士、硕士学位。

1920 年被聘为北京大学教授，讲授西洋史；著有短篇小说集《小雨点》《衡哲散文集》《文艺复兴史》《西洋史》及《一个中国女人的自传》等；她是我国新文化运动中最早的女学者、作家、诗人，也是我国第一位女教授，有"一代才女"之称。

《我幼时求学的经过》

我幼时求学的经过

——陈衡哲

进学校的一件事，在三十年前——正当前清的末年——是一个破天荒，尤其是在那时女孩子的身命上。我是我家中第一个进学校的人，故所需要的努力更是特别的大。虽然后来在上海所进的学校绝对不曾于我有什么益处，但饮水思源，我的能力免于成为一个富绅的候补少奶奶，因此终能获得洋读书的机会，却不能不说是靠了这进学校的一点努力。而使我怀此进学校的愿望者，却是我的舅父庄思缄先生。

我的这位舅父是我尊亲中最宠爱我的一位。大约在我五六岁的时候，舅父到广西去做官。但因为外祖母是住在武进原籍的。所以舅父也常常回到家来看望她。那时我家已把自己的大房子出赁了，搬到外祖母家的一所西院中去住着。

每逢舅舅回家省亲的时候，我总是一清早便起身，央求母亲让我去看舅舅。舅舅向来是喜欢睡晚觉的，我走到外祖母家时，总是向外祖母匆匆的问了安，便一口气跑到舅舅的房里去。舅舅总是躺在床上，拍拍床沿，叫我坐下来。"今天我再给你讲点什么呢？"舅舅常是这样说，因为他是最喜欢把他的思想和观察讲给我听的。那时他做官的地方，已经由广西改到广东，广东省城是一个通商大口岸，它给他很多机会看见欧美的文化，尤其是在药学方面。那时他很佩服西洋的科学和文化，更佩服那些到中国来服务的西洋女子。他常常把他看见的西洋医院、学校，和各种近代文化的生活情形，说给我听。最后的一句话，总是："你是一个有志气的女孩子，你应该努力学西洋的独立女子。"

我是一个最容易受感动的孩子，听到舅舅的最后一句话，常常是心跑到嘴里，热泪跑到眼里。我问他："我怎样才能学像她们呢？"舅舅总是说："进学校呀！在广东省城里有一个女医学校，你应该去学医，你愿意跟我去学医么？"

有时舅舅给我所讲的，是怎样地球是圆的，怎样外国是在我们的脚底下，怎样从我们的眼睛看下去，她们都是脚上头下的倒走着的！又怎样在我们站立的地方挖一个洞，挖着挖着，就可以跑到美国去了。有时他讲的，是中国以外的世界，世界上有什么国什么国。我常常是睁大了眼睛，张开了嘴听他讲话，又惊怪，又佩服。他见到我这个情形，便笑着说我是少见多怪。但在实际上，恐怕他心里是很高兴有这样一个忠诚的听者的。有时我又问他，"舅舅怎能知道这么多？"他便说："你以为我知道的事情多吗？我和欧洲有学问的人比起来，恐怕还差得远呢。"他又对我说，他希望我将来能得到他没有机会得到的学问——对于现代世界的了解，对于科学救人的知识，对于妇女新使命的认识等等。

"胜过舅舅吗？"天下哪有此事？我就在梦中也不敢作此妄想呵！但舅舅却说，"胜过我们算使命？一个人必须能胜过他的父母尊长，方是有出息。没有出息的人，才要跟着他父母尊长的脚步走。"这类的说法，在当时真可以说是思想波浪，它在我心灵上所产生的影响该是怎样的深刻！

我们这样地讲着讲着，常常是外祖母叫舅舅起身吃早饭，方始停止。可是明天一早，我等不到天亮，又跑到舅舅那里去听他讲话了。这样，舅舅回家一次，我要进学校的念头便加深一层，后来竟成为我那时生命中的唯一梦想。

在我十三岁的那一年，我父亲被抽签到西南的一个省份去做官。我因为那地方来的僻远，去了恐走不出来，又因进学校的希望太热烈，便要求母亲，让我不到父亲那里去，却跟着舅舅到广东进学校去。那时父亲已经一个人先到做官的地方去了，母亲正在收拾行李，预备全家动身。她是一位贤明的母亲，知道我有上进的志愿，又知道舅舅爱我，舅母也是一位最慈爱的长者，故并不怎么反对。可是，又因为我年纪太少，又不怎么赞成我离开她。每当我要求她让我跟着舅舅到广东去的时候，她总是说："让我想想看，慢慢地再说吧。"

那年秋天，舅父回来省亲之后，又要回到广东去了。临走的那一天，我跟着母亲送他到外祖母家的大门外，对他说："请给舅母请安。"

舅舅说："你不是要到广东去吗？你自己亲身去请安吧。"

我回头问母亲："我真的能到广东去么？"

母亲说："你自己想想能吗？"

我说："能。"

我就对舅舅说："我一定亲身到广东去给舅母请安。"

舅舅说："这是你自己说的啊，一个有志气的孩子，说了话是要作准的。"

我说："一定作准。"说完了这句话，我全身的热血都沸腾起来了，眼泪像湖水一般的流了下来。我立刻跑回到自己的卧室去，伏在桌子上哭了一大场。这哭是为着快乐呢，还是惊惧，自己也不知道。但现在想起来，大概是因为这个决议太重要了，太使我像一个成年的人了，它在一个不曾经过情感大冲动的稚弱心灵上，将发生怎样巨大的震荡呵！孩子们受到了这样的震荡，除了哭一场之外，还有什么别的方法呢？

就在那年的冬天，母亲同着我们一群孩子。离开了常州，先到上海，那时我们有一家亲戚正要到广东去，母亲便决定叫我跟着他们到舅舅家里去。在上海住了几天，母亲同着弟妹们上了长江的轮船，一直到父亲做官的地方去。我也跟着母亲上了船，坐在她的房舱内。

母亲含着眼泪对我说："你是一个有上进心的孩子，将来当然有成就；不过，你究竟还是一个小孩子呵！到了广东之后，一切要听舅父舅母的话，一切要小心，至少每星期要给我和父亲写一封信来，好叫我放心。"我不待母亲说完，已经哭得转不过气来。母亲见了这个情形，便说："你若是愿意改变计划，仍旧跟我到父亲那里去，现在还来得及，轮船要到明天一早才开呵。"

现在回想起来，那时我心中的为难一定是很大的。可是对于这心灵上自相冲突的痕迹，现在却一点也记不得了。所记得的，是不知怎样的下了一个仍旧离开母亲的决心，一面哭泣着向母亲磕了一个头，一面糊里糊涂地跟着我的亲戚，仍旧回到那个小客栈里去。回去之后，整整的哭了一晚，后悔自己不曾听着母亲的话，但似乎又有一种力量，叫我前进，叫我去追求我的梦想。

舅母是我自小便认识的，因她和母亲的友好，我们和她都很亲热。但是，一位从前常常和我一同游玩的表兄和一位比我小两三岁的表弟，现在却都死了。我到广东的时候，舅舅的家庭中是有了三位我不曾见过的表妹和表弟，故我便做了他们的大姐姐。其中最大的一个是二小姐，下人们便把我叫作"大二小姐"——因为我自己也是行二——而他们三人也都叫我作"大二姐"。这一个称呼，看上去似乎无关轻重，实际上却代表了这个家庭对于我的亲爱。我不是表姐，而是两个二姐中的大的，这分明是舅父舅母把我当作自己的女儿看待了。这对于一个刚刚离开母亲的十三岁的女孩子，是给了多大的温情与安慰呵！至今舅母家的下人们，还是把我叫作"大二小姐"，表弟表妹们也仍旧把我叫做"大二姐"。而我每听到这个称呼时，也总要立刻回想到幼年在舅舅家住着时，所得到的那一段温情与亲爱。

因为这三位表弟妹都是生在广西的，舅母家的下人，说的又都是桂林话，而小表弟的奶妈，说的又是桂林化的湖南话，故我最初学习的第二方言，便是桂林化的国语。至今在我的话语中，常常还带有一带西南省份的口音，便是由于这个缘故。

我到广东不久，便央求舅母到医学校去报名，虽然在我的心中，我知道我自己是绝对不喜欢学医的，但除了那个医学校以外还有什么别的学校可进呢？有一个学校可进，不总比不进学校好一点吗？可是，自我到了广东之后，舅舅对于我进学校的一件事——他从前最热心的一件事，现在却不提起了。等我对他说起的时候，他却总是这样的回答："我看你恐怕太小了一点，过了一年再说好不好？在此一年之内，我可以自己教你读书。你要晓得，你的知识程度还是很低呵。并且我还可以给你请一位教师，来教你算学和其他近代的科学。这样不很好吗？"

舅舅的不愿意我立刻进学校，当然是由于爱护我，知道我年纪太小，还不到学医的时候；知识又太低；而立身处世的道理一点又不懂得。故他想用一年的工夫，给我打一点根基。后来想起来，这是多么可感的一点慈爱，不过那时我正是一个未经世故的莽孩子，对于尊长们为我的深谋远虑，是一点不能了解的。我所要求的，仍是"进学校"。后来舅母和舅父商量之后，只得把我带到医学校去，姑且去试一试。我同舅母一进学校的房子，便有一位女医生。出来招呼舅母并笑着对我点点头。舅母对她说了几句广东话，那女医生就用广东话问我，"今年十几岁了？"

我回答她："十三岁，过了年就算十四岁了。"

她摇摇头说："太小了，我们这里的学生，起码要十八岁。"

这些话我当然都不能懂，都是舅母翻译给我听的。我就对舅母说："我虽然小，却愿意努力。请舅母替我求求她，让我先试一年，看行不行再说。可以不可以？"

舅母便把这话对她说了，她说："就是行，也得白读四五年，反正要到十八岁的时候才能算正科生。"她又用广东话问我，"懂广东话吪懂？"

我也学了一句广东话回答她，"吪懂！"又赶快接着说，"可是我愿意学"，她听见我说"无懂"两个字，笑了。她又对舅母说了一阵广东话，完了，便大家站了起来。她给舅母说声再见，又笑着对我点点头，便走进去了。我只得跟着舅母带了一颗失望与受了伤的心，回到舅舅家里去。

晚上舅舅回家之后，舅母把白天的经过告诉了他，舅舅听了大笑说："是不是？你不听我的话，现在怎样，你只得仍旧做我的学生了！"

舅舅是一位很喜欢教诲青年的人，这也不能不说是我的好运气，因为在那一年之内，他不但自己教我书，还请了一位在广东客籍教数学的杭州学生，来教我初步数学。不但如此，他又常常把做人处世的道理，以及新时代的卫生知识等讲给我听。我对于他也只有敬爱与崇拜，对于他说的话，没有一个字是不愿遵行的。比如说吧，他要我每晚在十时安睡，早上六时起身。但是，晚上是多么清静呵！舅舅是常常在外宴会的，舅母到了九时便要打瞌睡，表弟妹是早已睡着了，我自己也常是睡眼蒙眬。可是，因为舅舅有这么一个教训，我便怎样也不敢睡，非到十时不敢上床。

我到了广东不过三个月，舅舅便调到廉州去，将文作武，去统带那里的新军了。我跟着舅母在广东又住了约有三个月，方和大家搬到了廉州。舅舅的职务是很繁忙的，但每天下午，他总抽出一点功夫，回家来教我读书。他常穿着新军统领的服装，骑着马，后面跟着两个"哥什哈"，匆匆的回家，教我一小时的书，又匆匆地走了。有时连舅母自己做的点心也无暇吃。舅母是一位最慈爱的人，对此不但不失望，反常常笑着对我说，"你看，舅舅是怎样的爱你，希望你成人呵！他忙得连点心也不吃，却一定要教你这个功课！你真应该努力呀！"

我不是木石，舅母即不说明，我心里也是明白，也是深刻感铭的。舅舅所教的，在书本方面，虽然不过是那时流行的两种教科书，叫作《普通新知识》和《国民读本》的，以及一些报章杂志的阅读；但他自己的旧学问是很有根基的，对于现代的常识，也比那时的任何尊长为丰富，故我从他谈话中所得到的知识与教训，可说比从书本说得到的要充足与深刻得多。经过这样一年的教诲，我便不知不觉地，由一个孩子的小世界中，走到成人世界的边际了。我的知识已较前一年为丰富，自信力也比较坚固，而对于整个世界的情形，也有从井底下爬上井口的感想。

虽然一切是这样的顺适与安乐，但它们仍不能是我取消进学校的一个念头，后来舅舅被我纠缠不过，知道对于这一只羽毛未丰而又跃跃欲飞的鸟儿，是没有法子阻止她的冒险了。就在那年的冬天——正当我到舅舅家里第二年——乘舅母回籍省亲之便，舅舅便让她把我带到上海去。临走之时，又教训了我许多话，特别的指出我的两个大毛病——爱哭和不能忍耐——叫我改过，他说，"我不愿在下次见你的时候，一动又是哭呀哭的，和一个平凡的女孩子一样。我是常常到上海去的，一定常去学校看你。但我愿下次再见你的时候，你已经是一个有坚忍力，能自制的大人了。别的我倒用不着操心，你是一个能'造命'的女孩子。"

舅舅叫我到上海进一个学校，叫作慈育女校的，因为那是他的朋友蔡子民先生创办的，成绩也很好。我正不愿意学医，听到这个真是十分高兴。到了上海之后，舅母便把我送到一个客栈里，那里有舅母的一位朋友的家眷住着。舅母便把我交托了那位太太，自己回家去了。但那位太太是什么都不知道的，我只得拿了舅舅写给蔡先生的信，自己去碰。不幸那时正值年假，蔡先生不在上海，学校里也没有人管事，我只得忍耐着，在一个小客栈中，等候学校开门，校长回来。但是，当慈育女校还不曾开门的时候，上海又产生了一个新的学校，因为种种的索引，我就被拉了进去。这是后话，现在不必去说它。所可说的，是我在那里读书三年的成绩，除了一门英文功课外，可以说是一个大大的"零"字！但那位教英文的女士却是一位好教师。我跟着她读了三年英文，当时倒不觉得怎样。可是，隔了几年之后，当清华在上海初次考取女生时，我对于许多英文试题，却都能回答了。后来我得考中，被派到美国去读书，不能不说是一半靠了这个英文的基础。

民国三年，我在上海考中了清华的留美学额，便写信去报告那时住在北京的舅舅。可是，他早已在报上看见我的名字了。他立刻写信给我，说："……清华招女生，吾知甥必去应考，既考，吾又知甥必取……吾甥积年求学之愿，于今得偿，舅氏之喜慰可知矣。……"

我自幼受了舅舅的启发，一心要进学校，从十三岁起，便一个人南北奔走，瞎碰莽撞，结果是一业未成。直到此次获得清华的官费后，方在美国读了六年书，这是我求学努力的唯一正面结果。但是，从反面看来，在我努力过程中所得到的经验，以及失败所给予我的教训，恐怕对于我人格的影响，比了正面所得的知识教谕，还要重大而深刻。而督促我向上，拯救我于屡次灰心失望的深海之中，使我能重新鼓起那水湿了的稚弱翅膀，再向那生命的渺茫大洋前进者，舅舅实是这样爱护我的两三位尊长中的一位。他常常对我说，世上的人对于命运有三种态度，其一是安命，其二是怨命，其三是造命。他希望我造命，他也相信我能造命，他也相信我能与恶劣的命运奋斗。

不但如此，舅舅对于我求学的动机，也是有深刻的认识的。在他给我的信中，曾有过这样的几句："吾甥当初求学的动机，吾知其最为纯洁，最为专一。有欲效甥者，当劝其效甥之动机也。"有几个人是能这样的估计我，相信我，期望我的？

民国九年，我回国到北大当教授。舅舅那时也在北京，我常常去请安请教，很快乐的和他在同城住了一年，后来我就到南方去了。待我再到北京时，他又因时局不靖，而且身体渐见衰弱，不久便回到原籍去终养天年。隔了两三年，我曾在一个严寒的冬夜。到常州去看了他一次，却想不到那一次的拜访，即成为我们的永诀，因为不久舅舅就弃世了，年纪还不到七十呢！

我向来不会做对联，但是得到舅舅死耗之后，那心中铅样的悲哀，竟逼我写了这么一副对联来哭他！

知我，爱我，教我，诲我，入海深恩未得报；
病离，乱离，生离，死离，可怜一诀竟无缘。

这挽联做得虽不好，但它的每一个字却都是从我心头的悲哀深处流出来的，我希望它能表达出我对于这位舅父的敬爱与感铭。

陈衡哲、任鸿隽摄于 1920 年。

怀念陈衡哲

—— 杨绛

我初识陈衡哲先生是一九四九年在储安平先生家：储安平知道任鸿隽、陈衡哲夫妇要到上海定居，准备在家里摆酒请客，为他们夫妇接风。他已离婚，家无女主，预先邀我做陪客，帮他招待女宾，钟书已代我应允。

钟书那时任中央图书馆的英文总纂，每月须到南京去汇报工作，储安平为任、陈夫妇设晚宴的那天，正逢钟书有事须往南京，晚饭前不及赶回上海。储安平家住公共租界，我们家住法租界。不仅距离远，而且交通很不便，又加我不善交际，很怕单独一人出去做客。钟书出门之前，我和他商量说："我不想去了。不去行不行？"他想了一想说："你得去。"他说"得去"，我总听话，我只好硬硬头皮，一人出门做客。我先挤无轨电车，然后改坐三轮到储家。

那晚摆酒两大桌，客人不少，很多人我也见过：只因我不会应酬，见了生人不敢说话，也记不住他们的名字，所以都报不出名了，我只记得一位王云五，因为他席间常高声用上海话说"吾云五"；还有一位是刘大杰；因为他在储安平向陈衡哲介绍我的时候，跌足说："咳！今天钱钟书不能来太可惜了！他们可真是才子佳人哪！"

我当不起"佳人"之称，而且我觉得话也不该这么说。我没有钟书在旁护着，就得自己招架。我忙说："陈先生可是才子佳人兼在一身呢。"

陈衡哲先生的眼镜后面有一双秀美的眼睛，一眼就能看到，她听了我的话，立即和身边一位温文儒雅的瘦高个儿先生交换了一个眼色，我知道这一位准是任先生了，我看见她眼里的笑意传到了他的嘴角，心里有点着慌，自问"我说错了话吗？我把这位才子挤掉了吗？可是才子也可以娶才子啊。"我赧然和任先生也握了手。

那天的女客共三人。我一个，陈衡哲先生之外还有一位黄郛夫人。她们俩显然是极熟的朋友。入席后，她们并坐在我的对面，我面门而坐，另一桌摆在屋子的靠里一边，我频频听到那边桌上有人大声说"吾云五"，主人和任先生都在那边桌上，他们谈论中夹杂着笑声。我们这桌大约因为有女宾的缘故，多少有点拘束。主要是我不会招待，所以我们这边远不如那边一桌热闹，没有人大说大笑，大家只和近旁的人轻声谈话。

我看见陈衡哲先生假装吃菜，眼睛看着面前的碗碟，手里拿着筷子，偷偷用胳膊肘儿撞一撞黄夫人，轻声说话，却好像不在说话。她说一个字，停一停，又说一个字，把二寸短话拉成一丈长，每两个字中间相隔一寸两寸，每个字都像是孤立的。我联上了，她在说："你看她，像不像一个人？"黄郛夫人隔着大圆桌面把我打量了几眼，她毫无掩饰，连声说："像！像！像极了……"她们在议论我，我只好佯作不知。但她们的目光和我的偶尔相触时，我就对她们微微笑笑。

散席后，黄郛夫人绕过桌子来，拉着我的手说："你和我的妹妹真像！"我不知该怎么回答，显得很窘。黄夫人立即说："我妹妹可不像我这个样子的。我妹妹是个很漂亮的人物。"黄夫人端正大方，头发向上直掠，一点不打扮，却自有风度。我经她这么一说，越发窘了。因为不美的人也可以叫人觉得和美人有相似处；像不像也不由自己做主；幸好陈衡哲先生紧跟着她一起过来，她拉我在近处坐下，三个人挤坐一处，很亲近也很随便地交谈。多半是她们问，我回答。

新中国成立后我到了清华，张奚若太太一见我就和我交朋友，说我像她的好朋友，模样儿像，说话也像，性情脾气也像，我和她娴熟以后，问知她所说的朋友，就是黄郛夫人的妹妹，据说是一位英年早逝的才女，黄郛夫人热情地和我拉手，是因为看见了与亡妹约莫相似的影子，我就好比《红楼梦》里的"五儿承错爱"了。

黄郛夫人要送我回家，她乘一辆簇新的大黑汽车——当时乘汽车的客人不多，陈衡哲先生也要送我回去。经任鸿隽先生问明地址，任先生的车送我回家是顺路，我就由他那辆带绿色的半旧汽车送回家。黄郛夫人曾接我到她家一次，她住的是花园洋房，房子前面的墙上和墙角爬满了盛开的白蔷薇；她赠我一大捧带露的白蔷薇；我由此推断我初会陈衡哲先生是蔷薇盛开的春季。

抗战胜利后，钟书在中央图书馆有了正式职业，又在暨南大学兼任教授，同时也是《英国文化丛书》的编辑委员。他要请任鸿隽先生为《英国文化丛书》翻译一本有关他专业的小册子，特到他家去拜访。我也跟他同去，他们用汽车送我回家，过两天他们夫妇就到我家回访。我家那时住蒲石路蒲同，附近是一家有名的点心铺，那家的鸡肉包子尤其走俏，因为皮暄、汁多、馅细，调味也好；我们就让阿姨买来待客。任先生吃了非常欣赏，不多久陈先生邀我们去吃茶。

他们家住贝当路贝当公寓；两家相去不远，交通尤其方便，我们出门略走几步，就到有轨电车站；有轨电车是不挤的，约1站左右，下车走几步就到他们家了。我们带两条厚毛巾，在点心铺买了刚出笼的鸡肉包子，用双重毛巾一裹，到他们家，包子热气未散，还热腾腾的呢，任先生对鸡肉包子还是欣赏不已。

那时候，我们的女儿已经病愈上学，家有阿姨，我在震旦女子文理学院教两三门课，日子过得很轻松；可是我过去几年，实在太劳累了。身兼数职，教课之外，还做补习教师，又业余创作，还充当灶下婢；积劳成病，每天午后三四点总有几分低烧，体重每个月掉一磅，只觉得疲乏，医院却验查不出病因。我原是个闲不住的人，最闲的时候，我总是一面看书，一面织毛衣。我的双手已练成自动化的机器。可是天天低烧，就病恹恹地，连看书打毛衣都没精神；我爸爸已经去世，我不能再像从前那样，经常在爸爸身边和姊妹们相聚说笑。钟书工作忙，偷空读书。他正在读《宋诗纪事》，还常到附近的合众图书馆去查书，我不愿打搅他。

恰巧，任鸿隽也比陈衡哲忙；陈衡哲正在读汤因比的四卷本西洋史，已读到第三册的后半本，但目力衰退，每到四时许，就得休息眼睛；她常邀我们去吃茶：（她称"吃 tea"，其实吃的总是咖啡。）她做的咖啡又香又浓，我很欣赏。我们总顺路买一份刚出笼的鸡肉包子，裹在毛巾里带去，任先生总是特别欣赏。钟书和任先生很相投，我和陈先生很相投。"吃 tea"几次以后，钟书就怂恿我一个人去，我也乐于一个人去。因为我看出任先生是放下了工作来招待的。钟书也是放下了工作陪我去的！我和陈衡哲呢，"吃 tea"见面之外，还通信，还通电话，我一个人去，如果任先生在家，我总为他带鸡肉包子，但是我从不打扰他的工作。他们的客厅比较大，东半边是任先生工作的地方；西边连卧房，我和陈衡哲常在客厅西半边靠卧房处说话。

我为任先生带鸡肉包子成了习惯，钟书常笑说："一骑红尘妃子笑"，因为任先生吃鸡肉包子吃出了无穷的滋味，非常喜爱。我和陈衡哲对鸡肉包子都没多大兴趣。

陈衡哲我当面称陈先生，写信称莎菲先生，背后就称陈衡哲，她要我称她"二姐"，因为她的小弟弟陈益娶了我的老朋友蒋恩钿。但是陈益总要我称他"长辈"，因为他家大姐的大儿媳妇我称五姑（胡适《四十自述》里提到的杨志洵老师，我称景苏叔公。五姑是叔公的女儿。）我当时虽然不知道陈衡哲的年龄，觉得她总该是前辈。近年我看到有关于她的传记，才知道她长我二十一岁呢，可是我从未觉得我们中间有这么大的年龄差距。我并不觉得她有多么老，她也没一点架子。我们非常说得来，简直无话不谈；也许她和我在一起，就变年轻了，我接触的是个年轻的陈衡哲。

她谈到她那一辈有名的女留学生，只说："我们不过是机会好罢了。当时受高等教育的女学生实在太少了。"我不是"承错爱"的"五儿"，也不靠"长辈……小辈"的亲戚关系；我们像忽然相逢的朋友。

她曾赠我一册《小雨点》。我更欣赏她的几首旧诗，我早先读到时，觉得她聪明可爱。我也欣赏她从前给胡适信上的话："你不先生我，我不先生你；你若先生我，我必先生你。"我觉得她很有风趣。我不知高低，把自己的两个剧本赠她请教。她看过后对我说："不是照着镜子写的。"那两册剧本，一直在她梳妆台上放着。

我是他们家的常客，他们并不把我当作客人。有一次我到他们家，他们两口子正在争闹；陈先生把她瘦小的身躯撑成一个"大"字，两脚分得老远，两手左右撑开，挡在卧房门，不让任先生进去。任先生做了几个"虎势"，想从一边闯进去，都没成功。陈先生得胜，笑得很淘气；任先生是输家，他们并不多嫌我，我也未觉尴尬。

有一个爱吹诩"我的朋友某某"的人对我和钟书说："昨晚在陈衡哲家吃了晚饭，谈到夜深，就在他们客厅的沙发上睡了一晚。"过一天我见到陈衡哲就问她了。她说："你看看我这沙发有多长，他睡得下吗？"当然，她那晚也没请人吃晚饭，她把这话说给任先生听，他们两个都笑，我也大长见识。

那时陈衡哲家用一个男仆，她称为"我们的工人"，这位"工人"大约对女主人不大管用，需要他的时候常不在家。她请人吃茶或吃饭，常邀我"早一点来，帮帮我"。有一次她认真地嘱我早一点去。可是她待我帮忙的，不过是把三个热水瓶从地下搬到桌上。热水瓶不是盛五磅水的大号，只是三磅水的中号。我后来自己老了，才懂得老人腕弱，中号的热水瓶也须用双手捧。陈衡哲身体弱，连双手也捧不动。

渐渐地别人也知道我和陈衡哲的交情。那时上海有个妇女会，会员全是大学毕业生。妇女会要请陈衡哲讲西洋史。会长特地找我去邀请。陈先生给我面子，到妇女会去作了一次讲演，会场门口还陈列着汤因比的书。

胡适那年到上海来，人没到，任家客厅里已挂上了胡适的近照。照片放得很大，还配着镜框，胡适二字的旁边还竖着一道杠杠（名字的符号）。陈衡哲带三分恼火对我说："有人索性打电话来问我，适之到了没有。"问的人确也有点唐突。她的心情，我能领会。我不说她"其实乃深喜之"，要是这么说，就太简单了。

胡适的《哲学史大纲》我在高中和大学都用作课本，我当然知道他的大名。他又是我爸爸和我家亲友的熟人。他们曾谈到一位倒霉的女士经常受丈夫虐待。那丈夫也称得苏州一位名人，爱拈花惹草。胡适听到这位女士的遭遇，深抱不平，气愤说："离婚！趁丰采，再找个好的。"我爸爸认为这话太孩子气了。那位女士我见过多次，她压根儿没什么"丰采"可言，而且她已经是个发福的中年妇人了。"趁丰采"是我爸爸经常引用的笑谈。我很想看看说这句话的胡适。

一次，我家门房奉命雇四头驴子：因为胡适到了苏州，要来看望我爸爸，而我家两位姑母和一位曾经"北伐"的女校长约定胡适一同骑驴游苏州城墙；骑驴游苏州城墙确很好玩，我曾多次步行绕走城墙一圈。城墙内外都有城河：内城河窄，外城河宽。

走在古老的城墙上，观赏城里城外迥不相同的景色，很有意思。步行一圈费脚力，骑个小驴在城墙上跑一圈一定有趣。

可是苏州是个很保守的城市。由我家走上胥门城墙，还需经过一段街道。苏州街上，男人也不骑驴，如有女人骑驴，路上行人必定大惊小怪。我的姑母和那位"北伐"的女士都很解放，但是陪三位解放女士同在苏州街上骑驴的唯一男士，想必更加惹眼。我觉得这胡适一定兴致极好，性情也很随和，而且很有气概，满不在乎路人非笑。

我家门房预先雇好了四头驴，早上由四个驴夫牵入我家的柏树大院等候。两位姑母和两位客人约定在那儿上驴出发。我爸爸会见了客人，在院子里相送。

我真想出去看看，但是爸爸的客人我们从不出见，我不敢出去，二姑母和客人都已出门，爸爸已经回到内室，我才从"深闺之中"出来张望。我家的大门和两重屏门都还敞着呢。我实在很想看看胡适骑驴。但是结集出发的游人，不用结队回来。路人惊诧的话，或是门房说的，或是二位姑妈回来后自己讲的。

胡适照相的大镜框子挂在任家客厅贴近阳台的墙上。不久后，钟书对我说："我见过胡适了。"钟书常到合众图书馆查书，胡适有好几箱书信寄存在合众图书馆楼上，他也常到这图书馆去，钟书遇见胡适，大概是图书馆馆长顾廷龙（起潜）为他们介绍的，钟书告诉我，胡适对他说，"听说你做旧诗，我也做。"说着就在一小方白纸上用铅笔写下了他的一首近作，并且说，"我可以给你用墨笔写。"我只记得这首诗的后两句："几支无用笔，半打有心人。"我有一本红木板面的宣纸册子，上面有几位诗人的墨宝。我并不想请胡适为我用墨笔写上这样的诗。所以我想，这胡适很坦率，他就没想想，也许有人并不想求他的墨宝呢。可是他那一小方纸，我也直保留到"文化大革命"，才和罗家伦赠钟书的八页大大的胖字一起毁掉。

陈衡哲对我说，"适之也看了你的剧本了。他也说，'不是对着镜子写的' 他说想见见你。"

"对着镜子写"，我不知什么意思，也不知是否有所指，我没问过。胡适想见见我，我很开心，因为我实在很想见见他。

陈衡哲说："这样吧，咱们吃个家常 tea，你们俩，我们俩，加适之。"她和我就这么安排停当了。

我和钟书照例带了刚出笼的鸡肉包子到任家去。包子不能多买，因为总有好多人站着等待包子排队，如要买得多，得等下一笼。我们到任家，胡适已先在，他和钟书已见过面，陈衡哲介绍了我，随即告诉我说："今天有人要来闯席，林同济和他的 ex—wife（前妻）知道适之来，要来看看他。他们晚一会儿来，坐一坐就走的。"

不知是谁建议先趁热吃鸡肉包子。陈衡哲和我都是胃口欠佳的人，食量也特小。我带的包子不多，我和她都不想吃，我记得他们两三个站在客厅东南隅一张半圆形的大理石面红木桌子旁边，有人靠着墙，有人靠着窗（窗外是阳台），就那么站着同吃鸡肉包子，且吃且谈且笑。陈衡哲在客厅的这一边从容地为他们调咖啡，我在旁边帮一手。他们吃完包子就过来喝咖啡。胡适是这时候对我说他认识我叔叔、姑姑以及"你老人家是我的先生"等话的。

林同济不仅带了他已经离婚的洋夫人，还带了离婚夫人的女朋友（一个二十多岁的美国姑娘）同来，大家就改用英语谈话。胡适说他正在收集怕老婆的故事。他说只有日本和德国没有这类故事。他说："有怕老婆的故事，就说明女人实际上的权力不输于男人。"我记不准这话是当着林同济等客人谈的，还是他们走了以后谈的。现在没有钟书帮我回忆，就存疑吧。闻席的客人喝过咖啡，礼貌性地用过点心，坐一会儿就告辞了

走了三个外客，剩下的主人客人很自在地把座椅挪近沙发，围坐一处，很亲近地谈天说地：谈近事，谈知识分子的前途等等。

谈近事时，胡适跌足叹恨烧掉了他的书信。尤其内中一信是自称"你的学生ＸＸ"写的。胡适说，"这一封信烧掉，太可惜了。"

当时五个人代表三个家，我们家是打定主意留在国内不走的。任、

陈两位倾向于不走，胡适却是不便留下的；我们和任、陈两位很亲密，他们和胡适又是很亲密的老友，所以这个定局，大家都心照不宣。那时反映苏联铁幕后情况的英文小说，我们大致都读过。知识分子将面临什么命运是我们最关心的事，因为我们都是面临新局面的知识分子。我们相聚谈论，谈得很认真，也很亲密，像说悄悄话。

那天胡适得出席一个晚宴，主人家的汽车来接他了，胡适忙起身告辞。我们也都站起来送他：任先生和钟书送他到门口，陈衡哲站起身又坐回沙发里，我就陪她坐着，我记得胡适一手拿着帽子，走近门口又折回来，走到摆着几盘点心的桌子旁边，带几分顽皮，用手指把一盘芝麻烧饼戳了一下，用地道的上海话说："蟹壳黄也拿出来了。"说完，笑嘻嘻地一溜烟跑往门口，由任先生和钟书送出门（门外就是楼梯）。

陈先生略有点儿不高兴，对我说："适之spoilt（宠坏）了，'蟹壳黄'也勿能吃了。"

我只笑笑，没敢说什么。"蟹壳黄"又香又脆，做早点我很爱吃。可是作为茶点确是不合适，谁吃这么大的一个芝麻烧饼呢！所以那盘烧饼保持原状，谁都没碰。不过我觉得胡适是临走故意回来惹她一下。

钟书陪任先生送客回来，我也卷上两条毛巾和钟书一起回家。

我回家和钟书说："胡适真是个交际家，一下子对我背出一大串叔叔姑母。他在乎人家称'你的学生'，他就自称是我爸爸的学生。我可从没听见爸爸说过胡适是他的学生。"钟书为胡适辩解说：胡适曾向顾廷龙打听杨绛其人，顾告诉他说，"名父之女，老圃先生的女儿，钱钟书的夫人。"我认为事先打听，也是交际家的交际之道。不过钟书为我考证了一番，说胡适并未乱认老师，只是我爸爸决不会说"我的学生胡适之"。

我因为久闻胡适大名，偶尔又常听到家里人谈起他，他还曾到过我家，我确是很想见见他，所以这次茶叙见面，给我留下了很深的印象，至于胡适，他见过的人很多，未必记得我们两个，他在亲密的老友家那番"不足为外人道"的谈论中，他说的话最多。我们虽然参与，却是说得少，听得多，不会叫他忘不了。以后钟书还参加了一个送别胡适的宴会，同席有郑振铎；客人不少呢，同席的人是不易一一记住的。据唐德刚记胡适评钱钟书的《宋诗选注》时，胡适说，"我没见过他"，这很可能是"贵人善忘"。但是他同时又说，"大陆上正在'清算'他。"凭这句话，我倒怀疑胡适并未忘记，他自己隔岸挨骂，可以不理会，一旦身处大陆而遭"清算"，照他和我们"吃 tea"那晚的理解，是很严重的事。他说"我没见过他"，我怀疑是故意的。其实，我们虽然挨批挨斗，却从未挨过"清算"。

有一次，任先生晚间有个应酬而陈先生懒得去，她邀我陪她在家里吃个"便饭"，只我们两个人，我去了。大概只有我可以去吃她的"便饭"，而真的"便"，因为我们的饭量一样小，我也只用小小的饭碗盛半碗饭，菜量也一样小，我们吃得少，也吃得慢，话倒是谈了很多，谈些什么现在记不起了，有一件事，她欲说又止，又忍不住要说，她问我能不能守秘密。我说能。她想了想，笑着说："连钱钟书也不告诉，行吗？"我斟酌了一番，说"可以"。她就告诉了我一件事。我回家，钟书正在等我，我说，"陈衡哲今晚告诉我一件事，叫我连你也不告诉，我答应她了。"钟书很好，一句也没问。

既是秘密，我就埋藏在心里；事隔多年，很自然地由埋没而淡忘了；我记住的，只是她和我对坐吃饭密谈，且谈且笑的情景。

一九四九年的八月间，钟书和我得到清华大学给我们两人的聘约。钟书说，也许我换换空气，身体会好。我们是八月底离开上海的。我还记得末一次在陈衡哲家参加的那个晚宴，客人有一大圆桌。她要量血压，约了一位医生带着量血压器去，可是医生是忙人，不及等到客人散尽；而陈衡哲不好意思当着客人量血压，所以她预先和我商定，只算是我要量血压，她特地约了医生。到我量血压的时候，她就凑上来也量量。我们就是这样安排的，那晚钟书和我一同赴宴。

陈先生血压正常，我的血压却意外地高。陈先生一再叮嘱，叫我吃素，但不必吃净素。她笑着对我和钟书讲有关吃素的趣事。提倡素食的李石曾定要他的新夫人吃素，新夫人嘴里淡出鸟来，只好偷偷到别人家去开荤。李石曾住蒲园，和我们家是紧邻，解放军过河之前，他们家就搬走了。

我们到了清华，我和莎菲先生还经常通信，只是不敢畅所欲言了。"三反运动"（当时称"洗澡"）之后，我更加拘束，拿着笔不知怎么写，语言似乎僵死了。我不会虚伪，也不愿敷衍，我和她能说什么呢？我和她继续通信是很勉强的。

随后是"三校合并"，我们由清华大学迁入新北大的中关园小平房。钟书那时借调到城里，参加翻译毛选工作。有一天任鸿隽先生和竺可桢先生同来看钟书。我以前虽然经常到任先生家去，我只为他带鸡肉包子，只和陈衡哲说话，我不会和名人学者谈话。那天，我活是一个家庭妇女，奉茶陪坐之外，应对几句就没话可说。钟书是等不回来的，他们坐一会儿就走了，我心上直抱歉，从此我没有再见到任先生。他是一九六一年去世的。

一九六二年八月，我家迁入干面胡同新建的宿舍大楼。夏鼐先生和我们同住一个单元。大约一两年之后，他一次出差上海归来，对我说，陈衡哲先生托他捎来口信，说她还欠我一封信，但是她眼睛将近失明，不能亲自写信了。只好让她女儿代笔了，我知道他们的孝顺女儿任以书女士是特地从美国回来侍奉双亲的。我后来和她通过一次或两次信。到"文化大革命"，我和陈先生就完全失去联系。在我们"流亡"期间，一九七六年一月，我们从报上得知她去世的噩耗。

我和陈衡哲经常聚会的日子并不长，只几个月，不足半年，为什么我们之间的通信还维持了这么多年呢。只因为我很喜欢她，她也喜欢我，我们之间确曾有过一段不易忘记的交情。我至今还想念她。

黄庐隐

（1898 — 1934）福建人，作家。笔名庐隐，有隐去庐山真面目的意思。

与冰心、林徽因齐名并被称"福州三大才女"。2003 年美国哥伦比亚大学出版的《女作家在现代中国》之中，与萧红、苏雪林和石评梅等人并列为 18 个重要的现代中国女作家之一。

《中学时代的回忆》

中学时代的回忆

——黄庐隐

我十三岁的时候，考进女子师范学校，读了五年，这五年中我的生活也有许多值得写的：

第一我改变了童年时的拗傲孤独的坏脾气。大约是环境的关系吧，在学校里，我们是最低的一班，而我又是这班中最小的一个，不但岁数小，身材也小。因之我处处被优待，——这时候的教育正是极力模仿日本的时代，学制是，学校设备是，甚至学生的装饰上都仿效日本，所以一切的学生，都梳着高式的日本头——穿着墨绿色本国土布的衣裙，这种布新的时候还罢了，如下过两次水后，便变成将枯萎的菜叶的颜色，穿得每一个人都像是从坟墓里挖出来的一样，我当时因为太小，不会梳头，都是请人代梳；而那几根半长不短的头发，也实在梳不上去，后来学监和校长商议的结果，特别开恩，准行我仍梳两条辫子，可是绿布衣裙却非穿不可，这一来把我打扮得三分不像人了。这虽是一件小事，但当时在我的精神上，实在感到不自在，每次走到整容镜前，我看了自己这种怪模怪样，有时竟伤心得哭了。此外，学校里的规矩太严，不许这样，不准那样。我处身在这动辄得咎的环境中，简直比进牢狱还难过，每逢星期六放假回家去，就像罪人被赦般的欢喜，出了学校，觉得太阳都特别亮些，从前我是很不喜欢家庭的，这时候却完全变了，一方面固然是我妈妈待我好些，一方面也是因为学校管制太狠了。

在家里像没有笼头的马般，高兴了一天，时光拼命地向前跑，星期六的下午，和星期日的上午，似乎在一霎眼间，就过去了，星期日下午四点钟以前，必定要回学校去，"多么可怕的学校生活呀！"我心里总响着这种声音，我只希望我生病，便可借故躲一躲了。

学校里虽然到处布着罗网，可是我们仍然要偷偷摸摸的闯祸，因为无论如何，学监只有两三个，她们总有看不到的时候，我们就藉着这个机会捣乱调皮——现在想想都是太没意义的事情，可是在孩子们的心理，都是一种绝大的欢喜，因为只有这时候她们是表现了个性，她们才领受了自由的快乐。

这时候我有五个朋友，年龄都相差不多，一天我们读历史，听先生讲到明朝的六君子，我们竟大高兴起来，下了课，就躲到学校里去商量，把六个人的名字，按岁数月份的大小排起，此后便自命为六君子，同班的同学们，最初是讥笑似的叫着，日久叫惯了，我们居然成了大名鼎鼎的六君子了。不但是我们一班里的六君子，而且是全学校六君子了。

自从结成了这个小团体，我们调皮的花样更多了，最使人奈何我们不得的便是大笑，不论遇到哪个同学，只要他们的举动上，面孔上，衣服上，有一些不平常的样子，我们就开始大笑，一个笑声接着一个，嘻嘻哈哈有时竟笑到半点钟还不歇。竟把那个人笑得要下泪才罢，因此人们见了我们六君子，都不禁要皱眉头，可是她们也不敢轻看我们，自然我们的团结力，可以吓倒他们，同时呢，我们虽然一天到晚地玩，但都有些小聪明，所以考起来，成绩都在中等以上。有时我们看见那些年龄大些的同学，拿着书拼命地读，我们就使促狭，不是抢掉她的书，就是围着她嘻嘻哈哈地笑。

我们这几个捣乱分子，竟使这个死气沉沉的学校，有了生气，我们不怒不叹气，永远只是笑——大笑狂笑，笑得人哭不得喜不得，就是先生们，也拿我们没办法，我们并不曾犯校规，"难道我们笑也算犯罪吗？"学监只得罢了，同学们虽恨我们，可是又觉得我们是一群天真烂漫的孩子，并没有坏心肠。

在中学一二年级的时候，就是这样快乐过去了，所以这个时期不但是我的年龄上的黄金时代，也是生活上的黄金时代，可惜好景不长，这个黄金时代仅仅只有三年，到了我十六岁的那一年，在我们六君子之间，发生了许多不幸的事情，尤其是我——因为这时候我认识了一位新同学叫作王岫岚的，她是一个高身材的女子，两颊长着横肉，她有着可怕的笑的姿势，——她们都告诉我她的是笑里藏刀的笑，不过我那时毫不把这些事放在心上，管她怎样，只要她和我好，我便也和她好，哪里晓得自从我同她作了朋友以后，我们六君子中的五君子都和我淡了，有时还一群一堆的窃窃的议论我，作许多怪难看的脸子给我看，我莫名其妙，可是心也不能不跳，渐渐的情形更不对了，她们冷言冷语，骂了我许多话，跟着我又接到一封名叫王汉生素不相识的男子的来信，信上写着许多肉麻的话，又约我星期六到先农坛的树林里见面，这一来，可把我吓昏了，我便把这信给王岫岚看，她便说道："这个人是我的亲戚，他很仰慕你，所以才写这封信给你，我想你就和他交交朋友也没有关系呀！"我听了这话，心里很不以为然，因为在那时候，一个女子，和一个男人交朋友，那简直是自己找着送死，不但学校知道了要开除，就是家里知道了，也以为你作了见不得人的事，不处死，也要软禁起来的；所以我没有接受王岫岚的话，星期六回到家里，哭哭啼啼把信给哥哥们看了，他们幸好并没有怀疑我，这才放了心。到学校里王岫岚屡次的引诱我，又叫我到她家里去玩，我这才也有点疑心她不是个好人，想到她家里去探探虚实，因此便答应他，到了她家一所不整齐的破屋子，一看就知道不是上等人物，我坐了一坐就要走，她又带我到她干妈家去玩，那屋子比较好多了，但是那里面住着的人，除了一个四十多岁的妇人外，都是些年轻的女子，而且打扮得不三不四的，我虽然年纪小，但心里有点怕，总觉得这地方不妥当，所以便忙忙告辞回去。

自从这一天后，同学们对于我态度更不好了：我独自躲在寝室里哭，我立志再不同王岫岚往来，这样过了几天，那五君子的一个，她看看我太可怜，便悄悄地叫我去告诉我说："王岫岚的干妈是开咸肉庄的，王岫岚也不是什么好东西，并且她在背后说你要同她的亲戚王某人结婚……我们因此都不理你。"我听了这话才如梦初醒，想想自己原来处在这样危险的境地，禁不住伤心大哭，学期末果然听见王岫岚被开除的话。

自从我遇到这件事后在我天真的心里，不免有了一些暗影。我不像从前爱笑了，而且在我家庭方面，母亲觉得我已经十七八岁的人了，眼看中学就快毕业，也应当想到我的终身大事，有时便同哥哥们谈起，哥哥有几个朋友，母亲很想在其中选择一个女婿，而我这时对于结婚，没有深切的观念，而且有点怕结婚，觉得这是一件太神秘的事，所以我看见母亲越急于这个问题。我便越扫兴。

同时，我发现了看小说的趣味，每天除了应付功课外，所有的时间，全用在看小说上，所以我这时候看的小说真多，中国基本出名的小说当然看了，后来连弹词，如《笔生花》《来生福》一类的东西，也搜罗尽尽，因此我便得了一个"小说迷"的绰号，便连家里的人也知道我爱看小说，就因看小说，我又无端惹起了风波。

这时候我母亲和姨母住在一所房子里，有一个亲戚某君，新从奉天来，只有三十岁。他本来在日本读书，后来他父亲在黑龙江病重，喊他回来，他从日本回来不久，他父亲便作古了，因此他不能再到日本去读书，想在北京找些事做，所以投奔了姨母家来。我同他见过几次，偶尔也谈过几句话，他晓得我欢喜看小说，便把他新买来的一本《玉梨魂》借给我看，——这里面所描写的事实，是一个多情而薄命的女郎的遭遇，情节非常悲婉，我看了竟淌了不少的眼泪，后来我把书还给他时，大约那上面还有斑斑泪痕吧。因此他便从我妹妹那里探听，我看了这书是否哭过，妹妹便说"怎么没有哭……还有一天连饭都不曾吃呢"，他听了这话，也许是觉得我心肠软，多半总是个多情人了，因此便写了一封信给我，那信里委婉地述说着他平生不幸的遭际，他是一个有志的青年，但幼年死了母亲，……跟着父亲过着寂寞的生活，现在连父亲也死了，弄得自己成了一个天涯畸零人，就想读书也无人供给学费等等。幼小无知的我，那时节为了同情他，真流过不少的眼泪，所以我们渐渐亲密起来，不过我却不曾想到和他结婚的问题，——因为我那时对于结婚，莫名其妙的憎恶和恐惧，当真的曾打算独身，不过他却极力地向我要求，同时又请人向我母亲说，母亲觉得他太没有深造了，一个中学生将来能作什么事呢，所以便拒绝了他。因此他简直是失败了，于是他写了一封非常悲哀的信给我，我看了之后，不免激起一腔义愤来，我觉得母亲们太小看人了，他又怎么见得一辈子不会发迹呢，我这样一想，觉得我有挺身仗义反对母亲哥哥的必要，我也写了一封信给母亲说，"我情愿嫁给他，将来命运如何，我都愿承受。"母亲和哥哥深知我是个拗傲的人，无可奈何只得由我去，不过他们有一个条件，他非在大学毕业，不然我们不能举行婚礼，他当时接受了这条件，并且正式签了字，可是求学的经费大成问题，这使我们为难了很久，后来亲戚看见我意志这样坚强，倒不知不觉动了同情心，由一个亲戚拿出两千块钱来，放在银行里，作为他大学的生活费用，这样我们便订了婚。

在这事件发生一年后，我在中学毕业了，我仅仅只有十八岁，这时候，没有女子大学，别的大学也不开放女禁，所以我的出路很少，同时又因为哥哥在外国读书，家里的用款已经动了本钱，母亲很希望我能找点钱，帮助家庭。

于是我结束了中学生的生活，我开始在十字路口彷徨。

丰子恺

（1898－1975），画家、散文家、美术教育家、翻译家。

丰子恺绘《青梅》。

《我的苦学经验》

我的苦学经验

——丰子恺

我于一九一九年，二十二岁的时候，毕业于杭州的浙江省立第一师范学校。这学校是初级师范。我在故乡的高等小学毕业，考入这学校，在那里肄业五年而毕业。故这学校的程度相当于现在的中学校，不过是以养成小学校师为目的的。

但我于暑假时在这初级师范毕业后，既不作小学教师，也不升学，却就在同年的秋季，来上海创办专门学校，而做专门科的教师了。这种事情现在我自己回想想也觉得可笑，但当时自有种种的因缘，使我走到这条路上。因缘者何？因为我是偶然入师范学校的，并不是抱了作小学教师的目的而入师范学校的。故我在校中只是埋头攻学，并不注意于教育。在四年级的时候，我的兴味忽然集中在图画上了。甚至抛弃其他一切课业而专习图画，或托事请假而到西湖上去作风景写生。所以我在校的前几年，学期考试的成绩屡列第一名，而毕业时已降至第二十名。因此毕业之后，当然无意于作小学教师，而希望发挥自己所热衷的图画。但我的家境不许我升学而专修绘画。

正在踌躇之际，恰好有同校的高等师范图画手工专修科毕业的吴梦非君，和新从日本研究音乐而归国的旧日同校刘质平君，计议在上海创办一个养成图画音乐手工教员的学校，名曰专科师范学校。他们正在招求同人。刘君知道我热衷于图画而又无法升学，就来拉我去帮忙。我也不自量力贸然地答允了他。于是我就做了专科师范的创办人之一，而在这学校中教授西洋画等课了。

这当然是很勉强的事，我所有关于绘画的学识，不过在初级师范时偷闲画了几幅木炭石膏模型写生，又在晚上请校内的先生教些日本文，自己向师范学校的藏书楼中借得一部日本明治年间出版的《正则洋画讲义》，从其中窥为一些陈腐的绘画知识而已。我尤记得，这时候我因为自己只有一点对石膏模型写生的兴味，故接力主张"忠实写生"的画法，以为绘画以忠实摹写自然为第一要义。又向学生演说，谓中国画的不忠于写实，为其最大的缺点；自然中含有无穷的美，唯能忠实于自然摹写者，方能发见其美。

还拿自己在师范学校时放弃了晚间的自修课而私下在图画教师中费了十七小时而描成的 Venus 头像的木炭画揭示学生，以鼓励他们的忠实写生。一九二〇年的时代，而我在上海的绘画专门学校中励行这样的画风，现在回想起来真是闭门造车。然而当时的环境，颇能容纳我这种教法，因为当时国内宣传西洋画的机关绝少，上海只有一所美术专门学校，专科师范是第二个兴起者。当时社会上人士，大半尚未知道西洋画为何物，或以为美女月份牌就是西洋画的代表，或以为香烟牌子就是西洋画的代表。所以我虽然是闭门造车，但在中国之内，我这种教法大可卖"野人头"呢。

但"野人头"终于不能常卖，后来我渐渐觉得自己的教法陈腐而又破绽了，因为上海宣传西洋画的机关日渐多起来，从东西洋留学归国的西洋画家也时有所闻了。我又在上海的日本书店内购得了几册美术杂志，从中窥知了一些最近西洋画界的消息，以及日本美术界的盛况，觉得从前在《正则洋画讲义》中所得的西洋画知识，实在太陈腐而狭小了。虽于别的绘画学校并不见有比我更新的教法，归国的美术家也并没有什么发表，但我对于自己的信用已渐渐丧失，不敢再在教室中扬眉睁目而卖"野人头"了。

我懊悔自己冒昧地当了这教师。我在布置静物写生标本的时候，曾写了一只青皮的橘子而起自伤之念，以为我自己尤似一只半生半熟的橘子，现在带着青皮卖掉，给人家当作习画标本了。我想窥视西洋画的全豹，我也想到西洋去留学，做了美术家而归国。但是我的境遇不许我留学。况且我这时候已经有了妻子。做教师所得的钱，赡养家庭尚且不够，哪里来留学的钱？

经过了许久烦恼的日月，终于决定非赴日本不可。我在专科师范只当了一年半的教师，然一九二一年的早春，向我的姐夫周印池君借了四百块钱，（这笔钱我才于两三年前还他。我很感谢他第一个惠我的同情），就抛弃了家庭，独自冒险地到东京去了。得去且去，以后的问题以后再说。至少，我用完了这四百块钱而回国，总得看一看东京美术界的状况了。

但到了东京之后，就有许多关切的亲戚朋友，设法接济我的经济。我的岳父给我按期寄洋钱给我，专科师范的同仁吴、刘二君，亦各以金钱相遗赠，结果我一共得了约二千块钱，在东京维持了足足十个月的用度，到了同年的冬季，金尽而返国。

这一去称为留学嫌太短，称为旅行嫌太长，成了三不像的东西。同时我的生活也是三不像的，我在这十个月内，前五个月是上午到洋画研究会中去习画，下午读日本文。后五个月废止了日本文，而每日下午到音乐研究会去学提琴，晚上又去学英文。然而各科都常常请假，拿请假的时间来参观展览会，听音乐会，访图书馆，看Opera，以及游玩名胜，攒旧书店，跑夜摊。因为这时候我已觉悟了各种学问的深广，我只有区区十个月的求学时间，绝不济事。不如走马看花，呼吸一些东京艺术节的空气而回国罢。幸而我对于日本文，在国内时已约略懂得一点，会话也早已学得了几声，到东京后，旅舍中唤茶，商店买物等事，勉强能够对付。我初到东京的时候，随了众同国人入东亚预备学校学习日语，嫌其程度太低，教法太慢，读了几个礼拜就辍学了。自己异想天开，为了学习日本语的目的，向一个英语学校的初级班报名，每日去听讲两小时。他们是从Aboy，Abog教起的，所用的英文教本与《开明第一英文读本》程度相同，对于英文，我已完全懂得，我的目的是要听这位日本先生怎样地用日本语来解说我所已懂的英文，便在这时候偷取日本绘画的诀窍。这异想天开的办法，果然成功了。我在那英语学校里听了一个月讲，果然于日语会话及听讲上获得了很多的进步。同时看书的能力也进步起来。本来我只能看《正则洋画讲义》一类的刻板的叙述体文字，现在连《不如归》和《金色夜叉》（日本旧时很著名的两部小说）都会读了。我的对于文学的兴味，是从这时候开始的。以后我就为了学习英语的目的而另入一英语学校。我报名入最高的一班，他们教我读伊尔文的 Sketch Book。这时候我方才知道英文中有这许多难记的生字。（我在师范学校毕业时只读到《天方夜谭》）；兴味一浓，我便嫌先生教得太慢。后来在旧书店里找到了一册 Sketch Book 讲义录内，内有详细的注解和日译文，我确信这可以自习，便辍了学，每晚伏在东京的旅舍中自修 Sketch Book。我自己限定于几个礼拜之内把此书中所有一切生字抄写在一张图画纸上，把每字剪成一块块的纸牌，放在一只匣子中。每天晚上，像摸数算命一般地向匣子中探摸纸牌，温习生字。Sketch Book 全部都会读，而读起别的英语小说来也很自由了。路上遇见英语学校的同学，询知道他们只教了全书的几分之一，我心中觉得非常得意。从此我对于学问相信用机械的方法而下苦功，知道这样东西，要其能够于应用，分量原是有限的。

我们要获得一种知识，可以先定一个范围，立一个预算，每日学习若干，则若干日可以学毕，然后每日切实地实行，非大故不准间断，如同吃饭一样。照我当时的求学的勇气顶算起来，要得各种学问都不难；东西洋知名的几册文学大作品我可以克日读完；德文法文等，我都可以依赖各种自修书而在最短时期内学得读书的能力；除了绘画不能硬要进步以外，其余的学问，在我都可以用机械的用功方法来探求其门径。然而这都是梦想，我的正式求学的时间只有十个月，能学得几许的学问呢？我回国之后，回想在东京所得的，只是描了十个月的木炭画，此外带了一些读日本文和读英文的能力而回国。回国之后，我为了生活和还债，非操职业不可。没有别的职业可操，只得仍旧做教师。十年来我不断地在各处的学校中做图画音乐或艺术理论的教师。一场重大的伤寒病令我停止了教师的生活。现在蛰居在嘉兴的穷巷老屋中，伴着了药炉茶笼而写这篇稿子。

故我出了中学以后，正式求学的时期只有可怜的十个月。此后都是非正式的求学，即在教课的余暇读几册书而已。但我的绘画音乐的技术，从此日渐荒废了。因为技术不比别的学问，需要种种的设备，又需要每日不断的练习时间。研究绘画须有画室，研究音乐须有乐器，设备不周就无从用功。停止了几天，笔法就生疏，手指就发硬。做教师的人，居处无定，时间又无定，教课准备又忙碌，虽有利用课余以研究艺术的梦想，但每每不能实行。日久荒废更甚，我的油画箱和提琴，久已高阁在书橱的最高层，其上积着寸多厚的灰尘了。手痒的时候，拿毛笔在废纸上涂抹，偶然成了那种漫画。口痒的时候，在口琴上吹奏简单的旋律，令家里的孩子们和着了唱歌，聊以慰藉我对于音乐的嗜好。世间与我境遇相似而酷嗜艺术的青年们，听了我的自述，恐要寒心罢！

但我幸而还有一种可以自慰的事，这便是读书。我的正式求学的十个月，给了我一些阅读外国文的能力。读书不像研究绘画音乐地需要设备，也不像研究绘画音乐地需要每日不断的练习。只要有钱买书，空的时候便可阅读，我因此得在十年的非正式求学时期中读了几册关于绘画、音乐、艺术等的书籍，知道了世间的一些些事。

我在教课的时候，常把自己所读过的书译述出来，给学生们作讲义。后来有朋友开书店，我乘机把这些讲义稿子把它刊印为书籍，不期地走到了译著的一条路上。现在我还是以读书和译著为生活。回顾我的正式求学时代，初级师范的五年只给我一个学业的基础，东京的十个月间的绘画音乐的技术练习已付诸东流。独有非正式求学时代的读书，十年来一直随伴着我，慰藉我的寥寂，扶持我的生活。这真是以前所梦想不到的偶然的结果。我的一生都是偶然的，偶然入师范学校，偶然喜欢绘画、音乐，偶然读书，偶然译著，此后正不知还要逢到何种偶然的机缘咧。

读我这篇自述的青年诸君！你们也许以为我的读书生活是幸运而快乐的；其实不然，我的读书是很苦的。正式求学可以堂堂皇皇地读书，这才是幸运而快乐。但我是非正式求学，我只能伺候教课的余暇而偷偷隐隐地读书。做教师的人，上课的时候当然不能读书，开议会的时候不能读书，监督自修的时候也不能读书，学生课外来问难的时候又不能读书，要预备明天的教授的时候又不能读书。担任了一小时的功课，便是这学校的先生，便有参加议会、监督自修、解答问难、预备教授的义务，不复为自由的身体，不能随了读书的兴味而读书了。我读书常被教务所打断，常被教务所分心，决不能像正式求学的诸君的专一。所以我的读书，不得不用机械的方法而下苦功，我的苦功都是硬做的。

我在学校中，每每看见用功的青年们，闲坐校园里的青草地上，或桃花树下，伴着了蜂蜂蝶蝶，燕燕莺莺，手执一卷而用功。我羡慕他们，真像潇洒的林下之士！又有用功的青年们，拥着棉被高枕而卧在寝室里的眠床中，手执一卷而用功。我也羡慕他们，真像大学问家！有时我走近他们去，借问他们所读为何书，原来是英文数学或史地理化，他们是在预备明天的考试。这使我更加要羡煞了。他们能用这样轻快闲适的态度，而研究这类知识学科的书，岂真有所谓"过目不忘"的神力么？要是我读这种书，我非吃苦不可。我须得埋头在案上，行种种机械的方法而用笨功以硬求记诵，诸君倘要听我的笨话，我愿把我的笨法子一一说给你们听。

在我，只有诗歌，小说，文艺，可以闲坐在草上花下或奄卧在眠床中阅读，要我读外国语或知识学科的书，我必须用笨功。现就这两种分述之。

第一，我以为要通一国的国语，须学得三种要素，即构成其国语的材料、方法，以及其语言的腔调，材料就是"单词"，方法就是"文法"，腔调就是"会话"。我要学得这三种要素，都非行机械的方法而用笨功不可。

"单词"是一国语的根柢。任凭你有何等聪明力，不记单词决不能读外国文的书，学生们对于学科要求伴着趣味，但谙记生字极少有趣味可伴，只得劳你费点心。我的笨法子，即如前所述，要读Sketch Book，先把读 Sketch Book 中所有的生字存成纸牌，放在匣子中，每天摸出来记诵一遍。记牢了的纸牌放在一边，记不牢的纸牌放在另外一边，以便明天再记。每天温习已经记牢的字，勿使忘记。等到全部记诵了，然后读书，那时候便觉得痛快流畅，其趣味颇足以抵偿摸纸牌时的辛苦。

我想熟读英文字典，会统计字典上的字数，预算每天记诵二十个字，若干时日可以记完。但终于未会实行，倘能假我数年正式求学的日月，我一定已经实行这计划了。因为我会仔细考虑过，要自由阅读一切的英语书籍，只有熟读字典是最根本的善法。后来我在日本购买一册《和英根抵一万语》，假定其中一半是我所已知的，则每天记二十个字，不到一年就可记完，但这计划实行之后，终于半途而废。阻碍我的实行的，都是教课。记诵《和英根抵一万语》的计划，现在我正保留在心中，等待实行的机会呢。我的学习日本语，也是用机械的硬记法。在师范学校时就在晚上请校中的先生教日语。后来我买了一本厚册的《日语完壁》把后面所附的分类单语，用前述的方法一一记诵。当时只是硬记，不能应用，且发音也不正确；后来我到了日本，从日本人的口中听到我以前所硬记的单词，实证之后我脑际的印象便特别强明，不易忘记。这时候的愉快也很可以抵偿我在国内硬记时的辛苦。这种愉快，使我甘心消受硬记的辛苦，又使我始终确信硬记单词是学外国语的最根本的善法。

关于学习"文法"，我也用机械的笨法子。我不读文法教科书。我的机械的方法是对读。例如拿一册英文《圣书》和一册中文《圣书》并列在案头，一句一句地对读。积起经验来，便可实际理解英语的构造和各种词句的腔调。圣书之外，他种英文名著和名译，我亦常拿来对读。日本有种种英和对译丛书，左页是英文，右页是日译，下方附以注解。我会从这种丛书得到不少的便利。文法原是本于理论的，只要论理的观念明白，便不学文法不分 Noon 与 Verh 亦可以读通英文。但对读的态度当然是要非常认真。须要一句一字地对勘，不解的地方不可轻轻通过，必须明白了全句的组织，然后前进。我相信真的对读全部名作，其功效足可抵得学校中数年的英文教科。——这也可说是无福享受正式求学的人的自慰的话；能入学校中受先生教导，当然比自修更为幸福。我也知道入学是幸福的，但我真犯贱，嫌它过于幸福了。自己不费钻研而袖手听讲，由先生拖长了时日而慢慢地教去，幸福固然幸福了，但求学心切的人怎能耐烦呢？求学的兴味怎能不被打断呢？学一种外国语要拖长许久的时日，我们的人生有几回可供拖长呢？语言文学，不过是求学问的一种工具，不是学问的本身。学些工具都要拖长许久的时日，此生还来得及研究几许学问呢？拖长了时日而学外国语，真是俗语所谓"拉得被头直，天亮了！"我固然无福消受入校正式求学的幸福；但因了这个理由，我也不愿消受这种幸福，而宁愿肚子来用笨功。

关于"会话"，即关于言语的腔调学习，我又喜用笨法子。学外国语必须通会话。与外国人对晤当然须通会话，但自己读书也非通会话不可，因为不通会话，不能体会语言的腔调；腔调是语言的神情所寄托的地方，不能体会腔调，便不能彻底理解诗歌小说戏剧等文学作品的精神。故学外国语必通会话。能与外国人共处，当然最便于学会话。但我不幸而没有这种机会，我未曾到过西洋，我有时未到东京时先在国内自习会话的。我的学习会话，也用笨法子，其法就是"熟读"。我选定了一册良好而完全的会话书，每日熟读一课，定期读完。熟读的方法更笨，说来也许是要惹人笑。我每天自己上一课新书，规定读十遍，计算遍数，用选举开票的方法，每读一遍，用铅笔在书的下端划一笔。使凑成一个字。不过所凑成的不是选举开票用的"正"字，而是一个"讀"字。例如第一天读第一课，读十遍，每读一遍划一笔，便在第一课下面划了一个"言"字旁和一个"土"字头。第二天读完第二课，亦读十遍，亦在第二课下面划一个"言"字和一个"土"字，继续又把昨日做读的第一课温习五遍，即在第一课的下面加了一个"四"字。第三天在第三课下划一"言"

字和"土"字，继续温习昨日的第二课，在第二课下面加一"四"字，又继续温习前日的第一课，在第一课下面再加了一个"目"字。第四天在第四课下面划一"言"字和一"土"字，继续在第三课下加一"四"字，第二课下加一"目"字，第一课下加一"八"字，到了第四天而第一课下面的"讀"字方始完成。这样下去，每课下面的"讀"字，逐一完成。"讀"字共有二十二笔故每课共读二十二遍，即生书读十遍，第二天温五遍，第三天又温五遍，第四天再温两遍。故我的旧书中，都有铅笔划成的"讀"字，每课下面有了一个完全的"讀"字，即表示已经读熟了。这办法有些好处；分四天温习，屡次反复。容易熟读。我完全信托这机械的方法，每天像和尚念经一般地笨读。但如法读下去，前面的各课自会逐渐地从我的唇间背诵出来，这在我又感到一种愉快，这愉快也足可抵偿笨读的辛苦，使我始终好笨而不迁。会话熟读的效果，我于英语尚未得到实证了。我在国内时只是笨读，虽然发音和语调都不正确，但会话的资材已经完备了。故一听了日本人的说话，就不难就自己所已有的资料而改正其发音和语调，比较到了日本而从头学习起来的，进步快速得多，不但会话，我又常从对读的名著重选择几篇自己所最爱读的短文，把它分为数段，而用前述的笨法子按日熟读。例如 Stevenson 和夏目漱石的作品，是我所最喜熟读的材料。我的对于外国语的理解，和对于文学作品的理解，都因了这熟读的方法而增进一些。这益使我始终好笨而不迁了。——以上是我对于外国语的学习法。

第二，对于知识学科的书的读法，我也有一种见地：知识学科的书，其目的主在于事实的报告；我们读史地理化等书，亦无非预知道事实。凡一种事实，必有一个系统分门别类，原原本本，然后成为一册知识学科的书，读这种书的第一要点，是把握其事实的系统。即读者也须原原本本地谙记其事实的系统，却不可从局部着手，例如研究地理，必须原原本本地探求世界共分几大洲，每大洲有几国，每国有何种山川形胜等。则读毕之后，你的头脑中就摄取了地理的全部学问的梗概，虽然未曾详知各国各地的细情，但地理是什么样一种学问，我们已经知道了。反之，若不从大处着眼，而孜孜从事于局部的记忆，即使你能背诵喜马拉雅山高几尺，尼罗河长几里，也只算一种零星的知识，却不是研究地理。故把握系统，是读知识学科的书籍的第一要点。头脑清楚而记忆力强大的人，凡读一书，能处处注意其系统，而在自己的头脑中分门别类，做成井然的条理；虽未到书中详叙细事的地方，亦能知道这详叙在全系统哪一门哪一类那一条之下，及其在全部中重要程度如何。这仿佛在读者的头脑中画出全书的一览表。我认为这是知识书籍的最良的读法。

但我的头脑没有这样清楚，我的记忆力没有这样强大。我的头脑中地位狭窄，画不起一览表来。倘教我闲坐在草上花下或奄卧在眠床中而读知识学科的书，我览到后面便忘记前面。终于弄得条例部分，心烦意乱，而读书的趣味完全减杀了。所以我又不得不用笨法子。我可用一本 Note book 来代替我的头脑，Note book 画出全书的一览表。所以我的读书非常吃苦。我必须准备了 Note book 和笔，埋头在案上阅读。读到纲领的地方，就在 Note book 上列表，读到重要的地方，就在 Note book 上摘要读到后面，又须时时翻阅前面的摘记，以明此章此节在全体中的位置。读完之后，我便抛开书籍，把 Note book 上的一览表温习数次。再从这一览表中摘要，而在自己的头脑中画出一个极简单的一览表。于是这部书总算读过了。我凡读知识学科的书，必须用 Note book 摘录其内容的一览表。所以十年以来，积了许多的 Note book，经过了几次迁居损失之后，现在我的废书架上还留剩着半尺多高的一堆 Note book 呢。

我没有正式求学的福分；我所知道于世间的一些些事，都是从自己读书而得来的；而我的，——都须用上述的机械的笨法子。所以看见闲坐在青草地上，桃花树下，伴着了蜂蜂蝶蝶，燕燕莺莺而读英文数学教科书的青年学生，或拥着绵被，高枕而卧在眠床中读史地理化教科书的青年学生，我羡慕得真要怀疑！

有头有尾 有始有终
有志者事竟成

子恺画

钱君陶

(1907 — 1998),浙江桐乡人,图书装帧艺术的开拓者、著名篆刻书画家。是一位集诗、书、画、印于一身的艺术家。

1946 年，钱君陶与丰子恺先生在西湖边留影。

《记少年艺术生活》

记少年艺术生活

——钱君陶

《一》

我对于绘画，工艺，音乐，诗，都非常爱好，尤其是绘画与工艺，从幼年时就有了极浓厚的兴趣。大约六岁的时候，我常常到父亲的账桌抽斗中偷白纸做"小鬼""阿七哭""猫""狗"以及幼年时代的游戏动作等的图像，这是仅用一杆破毛笔一些淡墨淬的工具。有时与二三小友任意用炭粒在人家的白垩的墙壁上乱画"龟"等等的形象。这样过了一二年，便入塾读书，因为读的书是《百家姓》《千字文》《千家诗》等的课本，所以对于绘画，仍旧跟以前一样，只能画那种对象。不过在这时候对于笔、纸的来源比较容易，所以每日午饭后到塾，必须画几张，分赠同学。

又一年之后，在邻居看见朱梦仙君的"花折子"，"花折子"是一个普通商家用以记草账的折子，是以连史白矾纸裱糊成的。在这上面，颇适合于墨笔的勾勒淡彩的敷盖的绘画。某天，梦仙君在他家的古旧的厅的南檐下，凑着温和的春日正在描着《三国志》中的诸葛亮赵云刘备张飞关羽曹操等人的戏装，我痴立旁边看他徐缓地谨慎地一笔一笔描成了将军的盔，又在盔下描出了将军的威武的脸，或者是生须的，鼻子以下便描上一簇黑或白的美丽的胡须。又描甲，以及刀，剑，枪，戟，令箭令旗之类，再在各种小碟中蘸了红红绿绿的洋颜色来敷到盔甲等处；于是成了一幅使那时的我佩服到一百二十分的杰作。他的画我每日去上学可以顺便看见的。后来我把家中所给的买闲食吃的钱决意也去买洋红，洋绿，折子，在塾师午睡时便拼命地模仿。数日之间，居然也成就了不少，同学都向我强要，而我却还是舍不得。

这时，我已经会用颜色来作画了，而画的题材，不再是"龟""阿七哭""猫"等，却已转向到剧的方面，但亦不过到了剧的方面而已，此外，一些也不会画，其实所谓已经会画了的剧中人，也是头大身短或残臂跛足的畸形的东西。

有一次，因为画"花折子"不提防给塾师撞见了，被打了十下手心下谕下次不准再描，同时那天的《千家诗》背诵不出，塾师更怒火难抑，又痛罚了数十下手心，我于是起来反抗，把塾师的朱砚抹到地上，旱烟袋抛出窗外，结果，我父亲便来把我读书而坐的那种自己家中拿来的椅子叫人搬了回去，不再来塾攻读了。

出塾之后，翌日便进区立石泾初等小学（无须入学试验，可以随时入学），所读的是《国文教科书》第六册，记得其中有插图，而且有五彩的鸟类的插图，那时的乡人都说这是"洋书"，在塾中读的是"本国书"，我读了洋书之后，对于绘画又得了一个进步，就是此后学会了画鸟，虽然先前也画，但先前往往会把小鸟画成老母鸡似的东西，或竟像一只四角菱，但从那时以后画鸟，总有些像鸟了。一面在学校里对于图画不加禁止的，而是提倡的，所以我亲近绘画的机会也就随之而增多了。

到了高小，我画一个鼓，鼓的背后画两枝鼓槌，是先用尺入纸来打草稿的，我画好之后，先给先生一看，如果先生说好的，便可以印着画到图画练习簿上，如果说不好，那必须再行修改。如果在先生高兴的时候，碰着他说不好时，他会帮你修改。那一回画的鼓，他说不好，我记得因为那鼓画得太像掷瘪的亚铅或锡的罐子，而鼓槌又七曲八屈的，实在自己也觉得有些不对，但学生的心理对与不对总是取决于先生的，那时虽然自知不对，或者以为是自己不会看的缘故，所以请先生看了对与不对便能判然而分。不料先生说了不对以后，他非常高兴地接过来帮我修改了，这一来，使我高兴到非常。果然，在他的修改之下，那鼓竟像一个打去会嘭嘭地响的鼓，鼓槌也着实来得硬，不像未修改之前那般的面条一样的东西了。

这回之后，我对于绘画，更热心起来。在这学期的终了的学业报告单上，关于图画的分数是九十来分。

在高小时代我不但图绘好，而且算术也好，同学颇有人以菱、橘等食物来交换算术的公式和答数。但到了中学，我因为喜欢图画而把此外的功课都荒废了，中学时代的算术，我却不能不向家人求教了。

在中学不到一年的样子，因为作文的关系，跟国文教员吵了架，除了名。

虽然在中学时代很喜欢绘画，但图画教员的不良，依然困顿在临画之中，新的技法的闻知，简直一点也没有。

后来家中要我学法律，想我将来在官场中混混，或者成一个法律专家，然而我却无意于此，到了上海并不遵照家中的叮嘱，自管入了艺术学校，在那里才得到一点新的知识，对于绘画，才渐渐走入了正道。

《二》

跟小友们用炭粒在人家的白垩的墙壁上乱涂的时代，同时还喜欢弄泥，假使不去用炭粒作画，便同着二三人到田间掘泥造人，虽然仅能造成葫芦一般的东西，始终不像一个人形，但大家以为是像得无可再像的了。再高兴时，或者再用几块旧砖，为这些葫芦形的泥人建造了家屋，再高兴时，更为他制作永远生不上脚的光身的马，后来虽然我发明用火柴杆来当作马脚，但终于因为火柴杆太细，往往不能把马身撑起。等到有人提议用竹筷或树枝来做马脚，这才把马弄得像马。

每次从田间回来，衣上不会没有泥的，因此，往往被家长责罚，禁止下回不许去。

后来在街上看见卖糖的江北人挑的担，同时兼卖着印泥人的母型，我便跟着小友们买了，这样一来，我对于弄泥土的兴趣更高了。

用母型印成的戏装的泥人有各种各样，实在使我迷恋，从田间取来的黏土，因为不曾捣练，水分蒸发后，颇易生裂纹，于是我便研究着使它干燥后不致生裂纹。做成的泥人，至今尚有三四枚在老家中留存着不曾破损。

对于玩泥，随着年岁的长大而渐渐失却了兴趣。有一个夏日，晚上存茶馆中听到留声机的卖唱，这使我兴奋到了极点，在那里留恋着不想回家了。次日便约好了一位最知己的小友，他的趣味跟我是完全相同的，便在家中仿造留声机，我们用前门烟匣的厚纸来改造作留声机的机身，用坏钟的发条当转机，用大前门罐里的圆铁片当蜡盘，更自己制造了喇叭和摇手，虽然那圆铁片偶然会转了几下，　但终于不会发音，这使我们非常诧异，莫名其所以。那时对于发音，果然毫无办法的失败了，但机的外观，俨然是一架小型的真的东西了。

因得传教的普遍，所以虽在如我家所在的那样的穷乡僻壤，也有耶稣教的福音堂的设立，每逢星期日必有西洋人乘坐"偷鸡豹"经过镇中的市河而至那座不十分像样的福音堂中讲道，劝大家信教，我或者因为太幼小尚不懂事的缘故，所以不曾被劝信教，但已经得到不少关于耶稣受难的宣传画，当然，我对于这些画，与香烟中的画片和自己的作品一样视同怀宝，珍而藏之起来。

不特此也，那些"洋人"带来的画片之外，倘有一条"偷鸡豹"给我们看，而且我果然对于画片是爱不释手，对于"偷鸡豹"却更来得欢喜看，因为更难得看到，而且是会动的，会自己进行的，于是欢喜看之后，就又想来制造。

我向一家父亲所熟识的洋广货铺子要了一只很大的不知盛什么外国货的厚纸匣，回家来便改造了一只"偷鸡豹"的身子，所费时日约一二天，形状颇像，可惜放到水中慢慢地会被水浸透而沉了下去，于是我们又商量了一会，设法使它不会被水浸透，小友中有提议用前门牌香烟匣外面包着的透明纸来糊在船身的外面，结果糊虽糊了，但放在水中过了相当的时候，仍旧要被水浸透，我便提议用白礼氏洋蜡烛油来溶了涂上，这才水不会再浸得透。"偷鸡豹"虽然制成了，但仅能在水面上浮起，既不能前进，亦不会后退，小友中又有人提议说在船的中央必须烧火，火上置水筒，便有蒸气的作用。当然，这提议并非我辈发明，原来我辈所读的《教科书》中有着，就是从那位英人瓦特所发明的汽机图中得来的。我们一想到非用蒸气机关不可的时候，我们便即刻着手计划进行。由各人的努力，三天之后，已弄成了一架颇似那教科书中的蒸汽机插图式的所谓蒸汽机关。生火的油炉，却是用盛梅酱的小瓦罐，明知要使这杜造的"偷鸡豹"能前进或后退，全属梦想，但生了火放到水上去时，偶尔被水的推动向前或向后有些动，便当作了自己的成功，喜悦得赖在河边不想回家去吃饭了。

到了冬尽春初的时候，我更忙得厉害，因为制纸鸢成了名。那时小友们大家拿了纸竹来请我替他们造纸鸢，的确，我所造的纸鸢，不论蝴蝶形的方的形的，可以拆卸的鹰形的，都能放上三四个线团，跟白云与飞鸟为伍。因为自己制的能够放上天去，所以自己非常相信自己对于制纸鸢是万能的了，等到制造了一只蜈蚣形的纸鸢去试放时，不知是否着了鬼，一个转身便滑落地翻下地来。给人家笑得满面通红。

在学校方面，对于工艺，我并未得到一点好处，只有畏惧，因为先生所教的题材都跟我不发生兴趣的。譬如用竹雕一个笔筒，雕刻时因竹材的坚韧，非常难于弄好，便不发生兴趣，其后做成了，就给先生收下作为成绩，连自己玩赏一下也不可能，兴趣当然无从生起，再则自己又没有那么许多笔来插，且不论在学校在家中连比较得体地安放笔筒的地方也没有，更加无兴趣了。学校中的工艺大都如此，所以我很不喜欢这一门。我的工艺的趣味的养成完全是在学校之外做着玩的游戏中得来的。

在幼年，对于音乐，虽然爱好，但究竟在技巧上比较困难些，除吹口叫唱无字的京腔，再在学校中跟先生唱些不通的新式唱歌外，一无可记。

至于诗文，更是后来的事情。

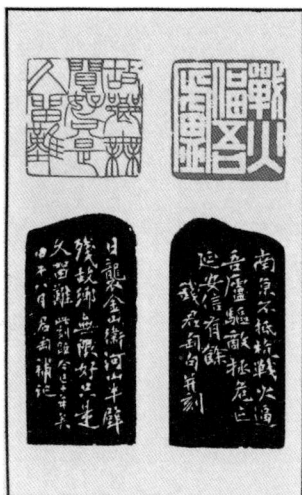

钱君陶篆刻。

陈子展

  (1898 — 1990), 湖南长沙人。
中国文学史家、杂文家。

《我的读书经验》

我的读书经验

——陈子展

从来的文人自述，不是夸祖上怎样好，就是夸自己怎样的天才，好像只有他们才配读书作文。自然，像屈原曹植之流，他们出自贵族，夸嘴不会顾到自己脸皮的厚薄。记得班固在《汉书·艺文志》里说的古代学生王官，虽不够说明周秦诸子的学说思想出于王官，可是周秦以前只有王官才配讲学问，小百姓和学问不相干，大约近于事实。本来要解决脑的饥荒问题，最好先就解决胃的饥荒问题，其次才能讲到选择师友，才能讲到备办文具书籍，才能讲到安心读书用功。以小百姓所站的地位，子弟想读书，就得依靠遭逢偶然的意外的机会，而且须要眼明手快，捉住这个机会。不然你有子弟就休想和贵胄、世家、豪商、士侩，在学问上争这个短长，爬到他们那样的地位。过去是这样的情形，到了今日还是一样。——其实不如说，还要比从前更坏。你看目前的贫苦子弟连进小学识字的机会都没有，还容易有机会给他们进中学大学乃至留学国外么？在这个社会里，学问完全是商品，只要你肯努力，只要你会投机那就愈有本钱愈容易买到学问，学问愈好愈容易挣到地位。学问也像财富一样，完全被少数人垄断，贫苦的朋友就在这样的经济情况之下，活该永远站在不利的地位，连子孙也难有翻身的日子了，可真是他们祖坟葬得不好，祖上不曾积德，或者八字不好，骨相不佳，只怪得自己的命运不济么？不过现今也有比从前好一点的地方，就是交通愈见便利，印刷术愈见进步，报纸书籍的流传，比较从前更觉容易了，只要是有觉悟的贫苦子弟，随时寻找识字读书的机会，用非常努力自修的功夫，也可以弥补一点不能跨进学校的缺憾。所不得不引为缺憾的，只就是能读文学或社会科学一类的书，而且只能读中文。倘若要研究科学就非得进学校，到实验室，以及公开的研究机关，拿玻璃管，看显微镜，或者利用其他的器械、材料等等不可。这个只能让给有福气从小就按部就班的入正式学校，读到大学或专门学校，乃至留学外国的洋学士洋翰林了。因为不幸这个社会里的读书机会难得，我还算是不幸中之大幸，要我说出那种颇不愉快地读书经验，我也还是愿意的。

我是生在一个快要没落的小地主家庭。虽说生地在湖南比较民智稍开的长沙，只因是在偏僻的西乡，我向一个市镇——靖港，入高等小学。这个时候，我已读过六年私塾，《四书、五经》之类早已读完，多谢偷看过《三国、水浒》一类的小说书，学做文章还算容易，不过一年就在私塾吃过"成篇酒"，千字左右的文言文，勉强写得成篇了。当然我在这个小学里算是高材。同学如郭某，比我年龄小，他却自恃聪明，以诸葛孔明自命，后来做了时代的牺牲者。又有熊汉光（子容）后来得到教育部长易培基的帮助，以官费留学德国，如今成了教育家、大学教授。我在这小学读了半年，民国二年春季考入了长沙县立师范学校。论理，我是考不上的，一则那天我误了考期，从家里徒步九十里，冒着风雪，晚上才跑到学校。二则我的英文、算书格致（自然科学，）根本没有什么。幸而校长徐特立先生是贫苦出身，考取学生不拘常格。他那一晚上准我这个赤脚踏雪的小学生补考，题目是"雪夜投考记"我仅仅做了这篇文章，其他试题都交白卷，过了三天发榜，我也居然录取。

我在这班里，年龄比较是幼小的，只因国文勉强过得去，就遮饰了其他功课的马马虎虎，觉得没有什么赶班不上。又因身体瘦弱，常常头痛眼花，住疗养室的日子特别多。在入校的第二年，又被很顽劣的摆子鬼所缠，医生（国医也）诊治不好，就说有鬼，我只想下乡避鬼，谁知这个鬼很不容易避它；起初它是隔日光临一次，后来改到三五日一次，十日或半月一次。勉强扶病回到学校过暑期考试，就又还家了。从此这个鬼半月来一次或一月来一次两月来一次不等。这样，继续到第三年的上学期，我已骨瘦如柴面无人色，风吹要倒了。还是靠红十字会医院医生给我服金鸡纳霜丸才医好的。这个时候，我的功课做得更马虎，可想而知。恰巧有一个同族兄弟，名叫高林，和我同班，有人问他我的功课如何。他说我自甘下愚，没有长进。先父听到了这话，回家告诉我，一面看我病骨嶙峋，一面又觉得我的学业前途无望，禁不住失声哭了。那时我又惶恐又惭愧，也哭倒在病床上。想起那时父子对泣的情景，至今还好像历历在目。先父去世已久了，而我的不长进，没出息，和当年没有两样；辜负了慈爱的教育，辜负了严明的庭训，我是如何的惶恐、惭愧痛心呵！

在师范的第四年，病已好了，只是身体瘦弱还是和从前一样。稍稍用功，功课颇有起色。从此以后，学期学年考试，总是我和陈自耀、陈会贤轮流在最前三名，一时并称"三陈"。记得在全校三四百人国文会考，我也可以跟在前两班的王启龙、田寿昌、曹伯韩、黄芝冈诸君之后，列在前十名了。一般忌苛我的同学，替我安上了许多小名。如"痨病鬼""鸦片烟鬼"之类，谁知道现在我会胖起来，并不曾病死或被人咒死呢！

我本来是从私塾出身，早已读熟过《四书五经》之类，自己又看过《资治通鉴》《文选》《四史》《十八家诗钞》《古文辞类纂》一类的书。同时还曾学做过"破、承、起、讲，"以及"策论"式的文章。这时到了学校，教我们国文的教师，是前清举人刘汝华先生。他的诗古文辞做得很好，属于桐城派。我对桐城派湘乡派的古文有好感，曾把《曾文正公文集》读到成诵，当然是受了这位先生的影响。后来又有易寅村（培基）易白沙两先生教我们国文、文学、文字学等功课。寅村先生为我们开了一个简而精的国学书目，叫作"国学浅言"，记得这比后来胡适之、梁任公两先生开出的国学书目，还选得精当。我所以对于历史考证，感到兴趣，那时胡乱地翻阅了戴段二王俞章几位朴学大师的几部书，不能不说是受了两位易先生的一点影响。何况前校长徐特立先生是一位力学苦行的教育家，后校长姜济寰先生是一位长于政治的史学家，提倡读书，给予我们的治学上做人上不少的有益的启示。只因我的天分太低，又不肯十分努力上进，辜负了父母的期望，辜负了师友的辅翼，至今年事不小，而百无一成，真是不胜惭愧感伤之至了！

我在这个师范学校毕业之后，家里虽然不十分希望我赚钱吃饭，可是也没有力量叫我继续升学。眼见许多同学在国内进了大学或高师，田寿昌、王启龙、杨正宇、李作华诸君先后东渡留学，我却不能不以弱冠之年教书，心里不免怅惘、彷徨，羡慕他们的幸运。于是把收入的薪金，用在搜买书上面，同时翻阅了许多僻书。并常从徐特立先生、易寅村先生问学，这两位先生藏书不少，我曾借读了一些。这时读到程朱的遗书，很感兴趣，我的迂腐气就更是进一些了。说到我的迂腐气，我不能忘记我们的伦理学教师杨昌济（怀中）先生。他是长沙的一位名秀才，曾在东京伦敦留学多年。后来他到北京大学当教授，因冷水浴得病而死。记得他发给我们的伦理学讲义，有一篇是讲人之气质的。他说人之气质，有英雄之气质，有豪杰之气质，有圣贤之气质。那时他在湖南省立第一师范学校教书，也用的这一讲义，于是学生毛某俨然以豪杰自居。同学们就称他"毛豪杰"。在我们学校里，田寿昌曾于旅行郊外做童子军队长，英气勃勃。算是我们同学里的一位特殊的英雄。我呢，因为早读旧书的缘故，不免有点迂腐，颇想借读书变化气质，走希圣希贤一条路。"不为圣贤便为禽兽，莫问收获但问耕耘。"我写了曾文正的这副对联，贴在座右。至今说来，甚然好笑，但我当时受了一位平日敬重的教师暗示就不觉得像煞有介事的妄想那么做，一般同学叫我"老八股"，也就笑骂由他笑骂了。我所以能够由中等学校出身就到中等学校去教国文课，不待说，是我颇像一位老先生。至于我入国立东南大学读书，那是受了新文学的刺激，才发狂热似的躁动起来，跑到南京学的是教育，颇留心于心理学一科，结果出来教书，还是国文历史之类，人家总以为我于所谓国学有什么深嗜笃好，我也就只好一天天钻到故纸堆中去了。

因为我感觉得政界的瞬息万变，又觉得教育与政法不可分离，像我这样的性格，根本不宜从事政治生活，就于那一年秋季离开了长沙的教育界来到上海。第二年夏天我写了一部《中国近代文学之变迁》，由左舜生先生介绍在中华书局出版，舜生又介绍我为太平洋书店写《最近三十年中国文学史》，这就是我靠写文字骗饭吃的开端了，我是一个书呆子，不肯靠政治吃饭，这一意见写在《中国近代文学之变迁》的序文里，如今将近十年，还没有改变。将来怎样，或许说不定。倘若我的文字果然可以长此骗得一些粗饭吃，我当以我现在这样的低廉生活得满足，一直活下去。虽说吃不饱，可是饿不死，在无数的不幸人群里面，我不算是很幸运的么？何况既已做了四五个孩子的爸爸，不妨夸张地说，为了人类，为了社会，这一副惨苦生活的重担，我还是要义不容辞的担受下去呀！

徐懋庸

（1911 — 1977），作家、
文学翻译家。

《一个"知识界的乞丐"的自白》

一个"知识界的乞丐"的自白

——徐懋庸

现在的情形也许已经不大相同，在十年以前，则读书人还是"人上人"，而且中学生在小学生之上，大学生又在中学生之上，阶级划然，在上者是可以骄下的。

我于十三岁的那一年，在小学里毕了业，因为家贫，不曾进中学读书，在家里帮父亲做些手工，闲时也借些书。看书的借处，是吾乡几个热心教育的小学教师所创办的图书馆。这图书馆设立已久，我在十岁的时候就开始借些《征东传》《征西传》《三国志》《水浒传》之类的章回小说看，到这时候，则已在借阅古代的诗文集子和新文学的书报了。看了这些书之后，我自己以为能够懂，所以也喜欢谈论。但在平时，谈论的对手是没有的。待到年终放寒假的时候，许多在外面中学里读书的旧同学回乡，我就高兴起来，以为可以跟他们谈谈了。

那一年正是泰戈尔得诺贝尔文学奖奖金的一年。有一位中学生的网篮里，便装着许多泰戈尔的作品的译本。我也是曾在《小说月报》上看过几篇介绍泰戈尔的文章和泰戈尔的作品的译文，所以我就对那位中学生谈起泰戈尔，问他对于泰戈尔的作品的意见如何。不料他听了我的问话之后，并不答复，反而白着眼问我道：

"泰戈尔？你知道泰戈尔是哪一国人么？"

"这是我知道的，他是印度人。"

"对了，印度人，但是你知道他叫什么名字么？"

我其时还不曾知道外国人的姓名的分别，以为"泰戈尔"就是泰戈尔的名字，所以说道：

"他的名字不是叫作泰戈尔么？"

"哼？不是的。他的名字是 Rabindranth，Tagore 是他的姓。他姓 Tagore. Ta-go-re，泰戈尔就是 Tagore 的译音，但是 Go 译作戈是不对的，照英文成该念作 Ta-gore。照这样看来，可知中国的翻译之靠不住。Tagore 的作品，翻译的都是不对的，我们要欣赏他的作品，非读原本不可。"

被他这样一说，我完全气馁了，不敢再同他谈，泰戈尔的姓名都弄不清。"戈"字又念得不对，所读的作品又只是不可靠的译本，那里配谈呢！听他的口气，他一定是读过 Tagore 的原本的，但看他的神气，似乎对我已很轻视，不跟我谈，即使请教他也徒然了。

我垂头丧气地离开他之后，第一次深深地感到家贫不能升学的悲哀。譬如这位中学生，在小学的时候本是和我同班的，而且成绩还在我之下，国文、英文两项，和我尤其差得远。如今仅隔半年，只因为他在中学研究，我却在家自修，就反而远不如他了。若再隔两年三年，那不是要天差地远，我将愈加被看不起了么？

又隔了半年，我果然受到另一个中学生的更大的侮辱。

我对于十年前吾乡的一批小学教员，实在非常佩服，他们对于教育事业的忠实和努力，远非现在的办学者所能及。他们于创办图书馆，平民夜校，新剧团之外，每逢暑假，还办一个油印的刊物，供一般知识者发表舆论、交换知识，这种刊物，对于吾乡的社会确曾发生很大的影响。有时候，那上面也登些意见不同互相论难的文字。当我十四岁的那一年，便因某一个问题和一位中学生论战了起来。论战到末了，是那位中学生做了一篇嵌着许多外国文使我看不懂的文字收场，那篇文章的结语是："你这知识界的乞丐配说什么呢！"

对于"知识界的乞丐"这一个衔头，我在当时感到莫大的耻辱。但后来仔细一想，觉得这于我实很切合。我和那些中学生们的确是有乞丐和大少爷之别的。大少爷之所以为大少爷就是因为有现成的饭可吃，现成的衣服可穿，现成的教育可受，而乞丐却是一无所有，种种都要向人们去求讨。像我这样，进不起学校的人，本来是不应该有知识的，即使有一点，也不过是苦苦讨得来的残羹冷肴罢了，怎样配跟大少爷们去瞎说山珍海味的滋味呢！

明白了自己实在是个乞丐之后，我的求知欲反而愈加强烈起来，因而我的求乞也更勤了。此后的三四年中，我真像一个饿得不论草根树皮都吃下去的乞丐似的，把能够借到的一切书报，古的，新的，科学的，文学的，杂乱无章地看进去。另一方面，又怀着像想混进富家的厨房饱吃一顿的心愿，兀自寻觅着进学校的机会。

侥幸的是民国十六年的秋季，上海为办起了一个不花钱可以读书的劳动大学，我就如愿以偿的考进这学校的中学部了。

进了中学之后，我还是贪婪地乱读一切。于各种教科书之外，读得最多的是杂志。日本文学家厨川白村先生曾论"杂志学问"之非道：

"日本的读者总想靠了新闻杂志的知识，求学问。我想，现代的国人的对于学艺和知识是怎样轻浮冷淡这就证明了。学艺者，何待再说，倘不是去听这一门的学者的讲义，或者细读相当的书籍，是决定得不到真的理解。纵使将所谓'杂志学问'这一些薄薄的知识作为基址，张开逾量的嘴来，也不过是招识者的嗤笑。因为有统一的系统的组织的头脑，靠着杂志和新闻是得不到的。"

这话当然是对的。我在中学的开初的一年多中，就是因为乱读杂志，把头脑弄得凌乱不堪。知识既没有系统，思想也找不到径路，所以愈读愈觉得迷惘感到烦闷，幸而后来遇到了两个救星，我的头脑才在他们的指导之下组织化起来。

那两位救星，便是"数学"和"历史"。数学的训练使我具有组织的能力，历史的启示使我得到系统的概念。从此我对于种种学术和知识，方有一点真的理解。不过我对历史的理解，确是一本讲文艺思潮的书——本间久雄的《欧洲近代文艺思潮论》所促进的。我在《读书生活杂忆》一文中，记着这一回事：

"化学上面说着有几种作为'触媒'（Catalyst）的物质，在它的接触之下，它自身并不起变化，却能完成别的两种物质的化合。"《欧洲近代文艺思潮论》这书，对我也生了'触媒'的作用。我在读此书以前，也曾乱翻些哲学的社会科学的专书或杂志论文，然而我不能理解，即使有自以为懂得了的，其实连一知半解也谈不上。直待读了本间久雄的这本著作之后，我才豁然贯通了哲学社会科学上的许多问题。

"从《欧洲近代文艺思潮论》，我认识了社会进化的铁则，从《欧洲近代文艺思潮论》，我解悟了唯物辩证法的公式……这些道理，都是这本书中所不曾讲到的，但我却由此旁通了，所以我说这书是'触媒'，它影响了我，却并不使我更加倾向文艺，而使我的脑子跟哲学和社会科学的知识相化合。"

"从此以后，我就系统地阅读了许多哲学和社会科学的著作，由此更进，我又注意到自然科学。在劳动大学的中等科的最后一年，我是专习理科的。"

但是因为注意的范围太广，就不能深入，所以我在各种学艺上都没有成就，至今还是一学无术的人，只能写些"杂文"，在文化界打杂而已。有些知道我的历史的人，说我已经由"知识界的乞丐"升做"文化界的短工"。但我以为这话是不对的。在知识上说，今日的是一个乞丐，因为我自己的感到不足如故，而求得也仍然不易也。和我同样的"知识界的乞丐"，一定是很多的。但看近几年来的情形。从学校里正途出大少爷们，已不似先前那样的趾高气扬，自以为了不起而任意侮辱学校以外的求知者了。文化界对于一般失学青年的教育，又颇加注意，读书的指导，于生活有用的学艺的通俗的介绍，都很努力。这在我们这些乞丐，实在比侥幸进了学校还要好得多哩。

元人翁森作《四时读书乐》诗，得尽大少爷们读书之乐，例如那咏春天读书的一首诗道：

"山光照槛水绕廊，舞雩归咏春风香。好鸟枝头亦朋友，落花水面皆文章。蹉跎莫遣韶光老，人生惟有读书好！读书之乐乐何如？绿满窗前草不除。"

这种乐趣，当然不是我们做乞丐的所能领略的。但是我们时常也感到一种读书的乐趣：那是当书中所得的话，使我们悟得了存在于我们的现实生活里面的种种社会的和历史的真理，使我们对于将来的光阴发生希望的时候。

金仲华

（1907 — 1968），国际问题专家、社会活动家。

《我曾经想做一个体育家》

我曾经想做一个体育家

——金仲华

开头我要提出一点：我以为每个人生来都具有运动的本能，所以对于体育的爱好，是出于天然的。有些青年学生对于体育运动竟会摇摇头说"素性不喜欢"，其实不是"素性"如此，而是早先的家庭环境给他们造成了这种变态。我国旧时的所谓读书人家，子弟必须教养得"文质彬彬"，以为跑跑跳跳乃是野孩子的行径；这样的家庭环境便会使一个活泼的少年变得体质脆弱、动作迟慢，对于广大场地上的奔跑跳跃感到可怕甚至厌恶，我小时就是生活在这样的一个家庭中，但幸而我家前门对着街市，后门却通到野外，家庭的教养虽然使我变得文弱，不敢多往大门外张望，而有时静躄躄地独个溜出后门去，看见许多"野孩子"打擂台、掷石子、放纸鸢，都会使体内潜藏着的运动本能偷偷地发动起来。我也会用竹骨和报纸，纸糊成一个"鲞鱼鹞"，趁父亲出外时往后门去偷放一回；夏晚往野外乘凉，也会预先把捕蝉的"蜘棒"和笼子藏在后门角内，临时秘密地带出去应用。这种野外生活的尝试，现在我知道了是有着体育运动的意味在里边。我对于体育的本能兴趣没有给家庭环境摧残完尽，就是靠了这样的"秘密活动"。

稍稍长大，我被送进私塾；私塾本来是"野孩子"活动的大本营，但因为塾师是我父亲的好友，他把我特别看待，称赞我是一个"文质彬彬"的好孩子，这样的诱惑倒使我把体内的运动本能勉强地压下来。不过，回家以后，我在后门外的"秘密活动"还是继续着的。幸而私塾生活过得不久，我又进入县立小学；那在乡下的小县城是被称为"大学堂"的，有着一个不算小的大操场，这环境是很可爱的。那时先生们也把我当作文弱的孩子看待，但我对于操场上的活动已敢自动去参加了，有时我出入不意地踢了一脚高球，居然会博得先生们的喝彩。踢球之外，掷砖头是我个人的拿手好戏，因为这种本领是可以一个人静静地练习的；我常常在家中后门外和操场上用劲练习，在十二三岁随时便能把薄薄的砖瓦掷到两个球门间的距离那么远了。

小学毕业了到嘉兴的一个中学升学，我就带了这两种随身本领去。中学校的操场比小学的大得多。还有一个旧的明伦堂改成一个雨操场，可以风雨无间的运动。那时我只有十三岁，在同级中算最幼小，上球场实在太容易吃亏；但我总是任着自己的兴趣参与着。明伦堂的高耸的屋顶又给我发见了一个练习掷砖的好环境，我每天总有几次约了同学去比赛，看谁能立在远处把砖瓦掷过这大堂的屋顶。这"基本训练"后来我在各种运动上得到了广大的应用：我在棒球场上会玩几手；我得过乙组掷标枪的锦标；我能够把篮球掷得准；后来进了大学我喜打网球，打得很有力，也是靠了这样练成的臂力。掷砖的本领也给我练成了一种有趣味的小玩意，就是所谓"削水片"：

把薄薄的瓦片"削"在水面，能一跳跳的在水面跳起到一二十次，有时成为一个大的弧形旋进，着实好看。当时掷砖的最大收获，是暑假回家在邻家后园外大树下掷中一只喜鹊，捉回来杀了烧"五香鸟"吃；自己捉来的东西，就是一只蟹、一条二三寸的鱼，已经可供大嚼，何况一只大喜鹊呢！当时似乎以为这种本领也可以换饭吃了。可是那次以后一连几夜去打喜鹊，都无所得，这种幼稚的想法也就冷淡下来。在中学时代我所喜欢的另一运动，是划船；那是一种身体很狭两头尖长的划船，当时叫作"洋船"，每只船上四把长桨，四个人划，一个人把舵，船身差不多和水面齐平，要赤足穿短裤才能上去划，船的进展速度极快，转动也非常锐敏，不会游泳的人都不大敢去尝试，而我的兴趣却极高，常喜欢跟人划了到三塔、烟雨楼等地方去游玩。

从中学升入大学，我便带了比较熟练的运动技巧去，只是我的年纪总是最小的，进入大学时我还是给人家看作小孩子，我只配平时在运动场上跑跑跳跳，要正式参与比赛就没有资格。在学校中练习体育，似乎目的不在于锻炼身体，而在于能成为选手。运动选手在学校内被优待，在学校外也被看重，这种虚荣也是引导许多学生到运动上去拼命练习。当时我多少也受着这种虚荣的诱惑，我在中学四年级做过一次足球选手，但因为气力小，吃了不少亏，因为我和人家的身体一碰，总是自己被弹了远去。入大学以后，我就放开了需要强力的运动，而练习网球、排球；这两种运动需要较少的体力，趣味却也很好。我靠了早先练好的臂力，在四年中把网球打得很纯熟。平时兴致高的时候，星期日会打个整半天，并不觉得吃力。当时我们进的大学在杭州的一座山上，网球打得野了，飞向山边去。

在茅草棘长满的山坡上寻球，也是苦中寻乐的一种意外趣味。我的排球技术因为靠了臂力，也练得还可以，后来居然做了选手到外地去比过一阵。在这两项运动之外，那时我也开始了游泳，学校所在的山下就是钱塘江，我学习游泳的最初洗礼是在这条大江中举行的，现在回想起来，颇有一点自豪。

上面只是啰杂地讲了我在学校时代练习运动的经过，实在很少意义；若要拿这经过情形来说明一点道理，就是每个人的运动本能只要不受环境的过分限制，都会自然发展起来的。我在大学的几年身体很康健，粗糙的饭食可以吃到四五碗，还常常觉得饥饿，身段高长，肢骨发达；我把预备功课和休息睡眠的时间都分配得很好。现在每逢身体不好，想起那时真是我身心发育的黄金时代。

在学校的时候因为对于体育兴趣的浓厚，很想日后可以做一个体育家。我当时最愿望的是成为一个网球家。但是自从离开学校以后，和我那心爱的网拍只握过一回手。我的职业环境使我不得不和它分离了。当时初来上海，对于远东运动会中的网球比赛还是看得非常热心，去研究各种打法，后来则连去看看比赛的精神都没有了。过了七八年的职业生活，我觉得一般职业机关的工作时间一直在加长，而对于职工的体育上的注意则并没有增加。有些职业机关一直在讨论如何增进工作效率，办法似乎只在把工作人员紧紧锁住在写字椅上，却总没有注意到职工锻炼身体、培养精神的环境。我的体重在几年间减轻了十几磅，起先是一百四十磅，后来逐渐减低到一百二十四五磅，每隔几时去过一回磅秤，总觉得心慌。饭量也逐渐减下来，经过一次胃病，后来饭只能吃到一两碗了。夜间常常睡眠不好，据医者说是初步的神经衰弱的症状。幸而肺部还强健，我知道胃病、肺病和神经衰弱乃是缺少运动的人的常有病症啊！一个曾经想做体育家的人，竟成为医生的长期顾客了。

在最近一年来，我尽力设法寻觅运动的机会。偌大的都市中有许多使人堕落的娱乐场所，体育场却只有寥寥的一二处，而且大多位置在僻远的地方，开放的时间又总是给职业化的体育团体包办着的。只有几个公园，可以给人去散散步，吸些新鲜空气，我就决定每天早晨去走一趟，作十五分钟的深呼吸和柔软体操。这里也有几个人和我这样做体操，有几个人则每日准时在练习太极拳。以前在学校时，早晨的柔软体操是大家感到枯燥无味的事，现在为了方便，居然给我看得非常重要，想起来不免有些可笑；以前听到早操钟，恨不能多延迟一刻到操场去，做体操时觉得那十五分钟也是非常长久，现在却因为办事时间被规定，总觉得不能在早晨的新鲜空气中多留一刻，是非常可惜的事情。

除了早晨的柔软体操以外，我还寻到了一种运动，那就是游泳。在都市近郊有一两个游泳池，夏季开放，带了一套游泳衣去就可以运动几个钟头。这也是一个人就可以玩起来的，而且是最好的全身运动。以前在钱塘江中我曾经练习过，现在每日练习，居然大有进步。在海边的波浪中我也去尝试过几回；到了冬天我还是在温水池中继续练习；这种运动已经治好了我的胃病，也帮助我在夜间得到很好的睡眠。不过，我知道，在都市的商业化的环境中，这种运动也只是限于肯拼着出钱的少数人。一套游泳衣，一个游泳季节的门票费，实在是不小的经济负担。在这个金钱主义的社会，我们要购买体育卫生的机会，竟像购买医药治疗一样的必须花许多金钱的。

想到过去自己曾经打算做一个体育家，不觉引起了许多幽默的回味。现在我不再这样打算了；我希望有一个正常的健康的身体，我希望周围有一个正常的健康的社会！

缪天瑞

（1908 — 2009），浙江瑞安人。中国著名音乐教育家、音乐学家。

（图中右二为缪天瑞）

《幼年时代的音乐生活》

幼年时代的音乐生活

——缪天瑞

儿童听觉最灵敏，但同时也最易堕落。每个儿童几乎都热爱着音乐，但往往因为教养得不得法，终于失了兴趣，或低落了兴趣。

我是一个从小就爱好音乐的人，可是，因为处于不良的环境中，幼年时代的音乐生活，是十分的悲惨。是啊，我的幼年时代的种种努力，是白牺牲了的。

七岁时候，祖父教我吹笛子。祖父是非常喜欢音乐和工艺的，少年时代，据说曾为了奏乐特地在家里的小花园中造了一间小楼，招来一些朋友，整天在那里吹奏，大有文艺复兴时代佛罗伦萨的王孙公子们之风。只不过所吹奏的，是些中国的原始式的音乐，更谈不到新贡献、改革。祖父筒箫吹得最好。我当时要他教我吹筒箫，他不许，他说筒箫要比横笛难，费气力大，孩子们学不得的。他教我吹横笛。我学了大约半年多，似乎还只知道三个小调。记得那是夏天时候，我赤着膊，坐在门档上，拿着长得不和身体相称的笛子拼命地吹，笛子吹不响，只觉得一股股的凉风吹在裸露着的手臂上，但不久也就吹"落胴"——（这是我们乡人的吹笛上的术语，即吹响了的意思。）而且也就居然学会了三首小调了。

在这以后是怎样，我已不记得了，似乎不久即进了高等小学。高等小学办在城里，我宿在亲戚家里当学生，那亲戚是欢喜音乐的，受了家人的告诫，我没有把乐器带到他家里去。但我很难忍。离校不远，有一所剃头店，店里的司务，时常聚着吹笛子、拉胡琴；大约因为也是那店的顾客，我不久之后居然便和店里一个吹笛子的司务十分相熟了。以后自然，我就在他们面前试我的技术了。他们称赞我吹的那段"落胴"，但是批评我吹的调子完全不对。我得到这样一个处所，我觉得十分欢喜。我于是便把自己的笛子拿到店中去，放了学就到店中去吹。

不幸，一天正在吹，被一个同学看见了。他由羡慕变成了嫉妒，说要告诉校长去。这是使不得的。校中刚几天前就发生了这样的一件事：一个同学在家门口玩着一只活捉住的斑鸠，被另一个同学看见了，走去报告校长，校长就叫那同学去把斑鸠拿来，那同学只得苦苦地献出。那斑鸠听说后来就成了标本室里钉在木头上的斑鸠。假如他也把我报告了，我的横笛就要遭跟斑鸠一样的厄运。我只得苦苦地认错了，以后再不吹笛子。

自己虽然不吹，却仍然常常到店里去听人家吹。这时我的趣味逐渐由笛子转移到胡琴上去了。起先似乎只是好奇，后来便觉得笛子的声音有些不自然了。这自然是听了胡琴的影响。

后来，我有一次回到家里，看见当时我吹的笛子依旧还在，我拿来试吹了一下，知道声音完全不正确，就连一个小工调都不准的，这样的笛子便是用来满足一个儿童的幼稚的音乐欲，显然还是不配呢。前几年听说有一班人想把中国所有的乐器，各仿造多少件，送往各国博物院去陈列，算是发扬国光。这未免太荒谬了。中国乐器，不要说仿制，便是改造，有些都不可能的，那些全然是原始底的乐器。其实，有些乐器，你要给它改造，就正逃不出西洋乐器的进化改善的范围。举刚才说的笛子为例吧。笛子要自由移调，除了用键，没有第二个更好的方法，有志改进中国乐器的人，正不必多费苦心，只要在中国的横笛上装上 flute 的 key 便可以，也照着 flute 的 key 从简单的用四个键的起，一直到复杂的用十多个的止。此外为使中国人能便利运用西洋乐器，我觉得，也有把西洋乐器改造一番的必要。这是怎么说呢？我是说，要把钢琴的各键的距离改得较近一点。我的手指并不怎样短，但我初学钢琴的时候——其实现在有时也何尝不如此，总觉得自己的手指不够长，我的熟人中大多都有同样的遗憾，尤其是女子。西方人一般体格总比我们东方人为雄伟，手也要大得许多。有些乐曲，在他们弹来是十分便易，在我们却是难乎其难，不过，这改革，大约很不容易实行的；为目前计，我想只有一个办法可以补救，便是能有一个钢琴家出来，为适合于中国人的弹奏，把西洋的乐曲的有些地方的运指法，改移一些，以补中国人的手指不够长的短处。高明的教师，自然早已知道如此。但是茫然不知所可的人，当然也还不少呢。

议论已经发够了。再说到我当时从笛子转移了兴味的事去。笛子所以不好听，是因为调律不准的缘故，这自然不是当时的我所能知道的，至早是在中学时代才知道的，那时才读了一些书。其实，笛子，岂但只是调律不准，便是它的音色，也是带动着官能的色彩的。这都会于无意中给儿童的我以音乐上不满足的。于是我就想起了学胡琴。

胡琴家中是有现成的，但因为长久不用，蛇皮都被老鼠吃去了。我好容易从一个楼顶上把两把胡琴——一把长的，一把短的——找了出来，但没有皮，怎样办呢？一个女佣人告诉我，用田鸡（即青蛙）的皮也可以的。我就约了弟妹们去捉田鸡，愈大愈妙。结果捉到了一只有拳头般大的田鸡，我在一个族兄的指导之下，拿着一把锈而钝的剃头刀，开始剥它的皮了。我只把田鸡的颈间微微割了一圈，皮便像姑娘们脱旗袍似地从脚部脱了出来，不过反了个身罢了。田鸡剥了皮，还是活活泼泼地跳，据那族兄说，如果拿一种叫作白脚麻衣的草，贴在它背上，它的皮日后还能生长过来的，但我们一时找不到那草，并且一味只要去蒙胡琴，顾不得这些小事情，便由它去了。

我只记得当时学习胡琴，是大费苦心的。亲戚家中不能拉，剃头店里不能拉（怕又被那同学看见），学校更不消说。但后来终于被我想出了一个法子。祖父曾对我说，从前外村里有一个筒箫名手，吹的真是出神入化，但他的工夫是在旱烟筒上练成功的。还有一个三弦名手，他的工夫是在衣服的扣子上练成功的，——便是说，在扣子上练习轮指法。据祖父说，他一件衣服，要换上五次以上的扣子。我当时是不是受了这些故事的暗示，我不能确说，但至少，我想是有些关系的。高等小学里的座位，是一个人一张桌子的，桌子没有抽屉，却有三面掩着板的柜胴，我便伸手在柜胴内，左手拿着长的笔套，当作琴杆，右手拿着笔杆，当作琴弓，开始我的胡琴练习。上历史课也拉，上国文课也拉，上修身课更拉，我们修身课教的是"子曰：学而时习之"的《论语》。大约是拉了好几礼拜，居然给我勉勉强强地拉成了腔了。

为想自己也有一只筒箫，我便模仿着祖父的筒箫开始自己来制造了。第一次制造，是由祖父知道着的，用烂泥做了壎，又用木头做了弹起来像三弦的大正琴。为了做竹，我几乎把家中的帐竿都斫光了。为了这事，同时也为了买木材偷了母亲的钱，被母亲打骂了一顿。这是难怪她生气的，那时我已是高小二年级，差一年就要毕业，毕业后要去考中学，可是我那时候，每天只做这些顽皮的玩意儿。

父亲的死在异邦的消息的传来，似乎也就在这时候，我时被禁止弹奏，但父亲的死，却给了我一个新的音乐的学习。同着父亲的遗骸带回国的，除了少许衣服书籍外却有一只提琴。据同在异国的叔父说，父亲最爱这提琴，所以叔父不忍把它抛弃，当作纪念的遗物把它带回来了。同父亲的遗骸一起回国的，还有一位堂姐姐。父亲提琴似乎并不奏的怎样好，但他却很热心地教授着姐姐弹奏。丧服一满，我便拿着父亲的提琴要姐姐教。姐姐教得虽不好，实在她自己也还不大清楚，只因我对于弓奏的弦乐的器，本来已有兴味，所以也很热心地练习了一些时间。但是不久，还是冷淡下去，一，因为没有人好好地教导，二，因为弦线都断了，用胡琴的丝弦配上去拉，简直拉不响。结果还是继续胡琴的练习。但这时候拉的已是京胡了。

到了中学二年光景，我的京胡已经拉得相当地纯熟。但当时的中学，虽则一礼拜有一小时音乐课，乐器弹奏却是禁止的，正同我们在小学时虽有体操，踢皮球毽子却是不许的一样。我的胡琴便在朋友家中拉。那朋友年纪比我大，最喜看小说和古书。他告诉我说，古书里载着，把多少长长短短的竹签，在一间四面密蒙着布幔的小房子的地下插着，再盖上一些灰，等节候一到表示和某节候相应的竹签，便会从地下突上来，他说，他不久就要实地试验一下。他又说，某书里载着，有一个人坐在池边弹琵琶，正弹得起劲，一个铁皮突然从池底下呼地飞了上来，一看，是乐器"方响"。所以，他说，自己也要坐在池边弹奏，说不定也有方响呼地飞上来的。这些故事很打动了我的心，我向他借来一些古书，当然关于音乐的来，读了也颇引起一些兴趣。只不过没有他那样迷信罢了。前年回家，听说那朋友已成了狂人了，常常毁掉一架时辰钟，把里头的法条等拿出来，缚在身上，说要腾空了。但我却从那时起，靠了他，得看了各种各样的书，内中多半关于音乐的，其次是神话鬼话和狐话。

这样就到了中学毕业，叔父看见我只注专意于音乐，便索性带我到上海来学习音乐。最初进的学校，只有钢琴，我便开始习钢琴了。这时我是十五岁，我的正式的音乐学习，算从这时候开始了。

袁牧之

（1909－1978），著名演员、编剧、导演。二十世纪三十年代投身戏剧事业，在舞台上有"千面人"之美称。1934年编导创作《桃李劫》并担任主演。1937年编导《马路天使》，该片成为中国电影的标志性作品。

袁牧之电影剧照。

《兴趣、志愿、生活》

兴趣、志愿、生活

——袁牧之

我希望能充满着热情以完成这篇文章，因为我常念念不忘我中学时代的生活，而这里足以引起我的回忆。

我没有进过幼稚园和初等小学，这些课程是家庭教师帮我完成的，等我进入高小，正是"五四"以后，学生的演讲与演剧最活动的时候，因是高等小学所给予我的启蒙是使我对于演讲和演剧发生了兴趣。

大概是十三岁或十四岁那年，反正是还没有到中学以前，我加入了洪深等主持的戏剧协社，那时协社演出的《少奶奶的扇子》曾轰动一时，接着又是《黑蝙蝠》《第二梦》等也都极受社会欢迎。我虽然连参加演出的高度都不够，但因为我是社员，每场帮着招待以及其他的杂干，渐渐地我已懂得这些戏之不同于文明戏和化妆演讲，至少在形式上。同时我也明白光理解其形式上之区别是不够的，于是我像饿狗般地搜寻着剧本及其他关于戏剧的读物，例如当时由中华书局出版汪仲贤等主编之《戏剧》月刊及北京人艺社出版的《戏剧化妆法》等，但也只是得到一个模糊的认识。

不知道是否社会根本矛盾的关系，抑是人们都需有两重人格的关系，我那时对于戏剧虽已有梗概的认识和浓厚的兴趣，但可没有要做一个戏剧家的志愿，绝对的没有。这原因，以我自己的分析主要在我家庭的环境。我父亲是个商人，我姐夫是个官僚，以对于戏剧的志愿，与其说我不曾有，不如说我不会有。

但是若要问我那时的志愿是些什么，只有天晓得，连我自己都不知道。我也就是这样毫无志愿地进入了中学校，虽然我自己很明白我的兴趣已属于了戏剧。这情景正如一个姑娘坠入了情网而没有想到结婚一样地滑稽的。

我进的中学是东吴第二中学，可也不是我自己选择的，因为有一个亲戚在那里念书，是为了便利而进的。

我常常地这样想：像这样的局面，一个人是被命运支配着的；假如我能在那时就进入艺术学校，那么我的造就也许会深些吧？但是我相信，命运——或者说是环境——是只能支配人于一时的，而且，如其志愿是坚强的话，则可能在无论何种的环境之中开掘走向自己志愿的路内，这是我的经验所告诉我，因为我进的中学虽然与我爱好的戏剧毫无相关，而我自己可曾在那环境中搜寻过有相关的学识而得到过好处。

最初，像上面说过，我是毫无志愿的，很可笑，读书的方法是以分数做标准。然而，就在那初中一年的时候，我觉得我那时已经有了文学的欣赏欲与表现欲。足以证明我有欣赏欲的是圣经课，二中是教会学校，初中一年有《圣经》必修班，我虽非教徒，也不相信《圣经》，但由于《少奶奶的扇子》而认识了该剧的原作者王尔德（Qser Wilde），由于喜爱王尔德而读过了中华出版社的《莎乐美》的译本，由于《莎乐美》从《圣经》里采取出来的故事，我把《圣经》也当了文艺品而欣赏了。我的第二个剧本《叛徒》中的牧师和两个教徒的说话能适合牧师和教徒的身份，就因为我读《圣经》的时候曾发生过兴趣的。又足以证明我有文学表现欲的是作文和英文造句。虽然我那时对于分数很看重，但作文似乎是例外，我总喜欢把奇怪的思想放进文章里去，往往这样使我在分数方面很吃了亏，因为那位作文教员是曾经教过校长的书而还在履行打手心的老先生，不过我并不因此失望，同时我对于英文造句也喜欢运用思想，记得有一次那位叫作杨磐西的英文教员要我用 why 造一句句子，我就造了"I don't know why I am sorry"这样一句而受到了他的大大赏识，他说一个人在忧郁的时候的确是自己也说不出是为着什么的，后来在几个月以后这位先生突然给火车头撞死了，据他的一位很接近的朋友在追悼会上讲，说他最近几日来好像受了很大刺激而精神非常恍惚的样子，于是我相信他那时之所以赏识我那句造句而并不赏识其他同学所做的"a book""a dog"是因为我那句句子引起了他的共鸣了。

一无志愿而以分数为目的地读书生活过了一年，第二年我可有了志愿，我的志愿是想做一个演说家。

二中是东吴法科的附中，为了造就将来律师人才起见，二中的教程很注意于演讲，每星期六有两个半小时是演讲课，我对于这两小时半的功课曾发生过特殊的兴趣，渐渐由兴趣而使我有了要做一个演说家的志愿。

当时学校把演讲当作一种课程，所以每一次的讲员虽只有七八人，而其余的同学却都得强逼到场做听众，每星期都如此。无疑的是使做听众的人最难受，因此就有在那里预备功课的，有看小说的，有私自谈话的，甚至也有打瞌睡的，不撒谎而很坦白地说，当我在做听众的时候有时也如此，但是当我做讲员的时候，我却有一个很大的野心，那野心就是我要想法使他们都发生兴趣听。我常常把题目报告两遍，或甚至三遍，这样使一些预备功课的不能再专心，至少也得抬头望一望我；我又常在开头的时候安置一个可笑的材料，以引起一般在听的听众笑，于是在看小说的人会忙着去问旁边听的人，似乎比他的小说更发生了兴趣；我还借用一种问句的方式向听众发问，虽然我知道听众是不会回答的，可是我借这个方法故意冷一冷场，因为礼堂里没有了台上的声音，在台下私自谈话的声音常会感到不好意思而自行消灭，而且那最后消灭的一个声音，常会成一种很怪的尾声而引起听众间自身的好笑；要是这样还没有使那些打瞌睡的醒来，那我会在讲到一句激昂的句子的时候拍案狮吼，使他们误会是校长在那里生气而惊醒过来了。

正如我后来出台演剧的时候希望每次有新的东西贡献给观众一样，我当时的出席演讲也希望每次有新的贡献给听众。我演剧的时候总是这样想，我相信总有一部分的观众，至少有一个，是因为上次我给了他好印象信任于我而来的，所以我得勉力有新的创造贡献出来，不致令他们或他对我失望。有一次想讲科学，所选的是蒸汽机的作用，但这一类的东西如其没有模型没有图画是不容易向听众解释得明白的。我也想用纸做一个模型或画一个图带上去，然而我又觉得这样谁都可以解释清楚的，想了很久，结果是什么都不带，只带我自己的嘴和手，我用每个人都日常见到的东西比喻，好像记得是用饼干箱子比气缸，洋火盒比汽塞，虽然同学们都像在笑我发神经病，但终于我把那机构、劲力都解释出来了，至少也使听众能够借形而想象。

由于每次都设法给一些新法、奇突的东西给听众，使一般同学们都多少感到一点刺激而忘了呆若木鸡样地坐着做听众的疲倦，因此当揭示板贴出了我的名字的时候，同学们会像小市镇的戏院门口挂出了一块将要来埠的演员名牌一个样。这一种空气是我引以为安稳的。

至于我怎样会由演讲而转向了戏剧，那是发生在我十八岁那一年，那年我加入了辛酉剧社演出《酒后》，得到了初步的演剧技巧。接着该社演出的日本武者小路实笃之《桃花源》，俄国安特列夫之《狗的跳舞》和柴霍夫之《文舅舅》都由我担任主要角色。记得我对于戏剧各部门重最先发生兴趣的是化妆，我翻着字典比功课还当心地读完了"The Art of Maker-up"又把他们从美国带来的全套化妆品借到了学校里，常在散课的时候照着镜子向自己的脸上涂抹实验，我现在演剧时能够解决一切化妆上的疑难，就是那时下过的苦功。又为了搜寻动作上的参考材料，我曾拼命地观看外国电影，我当时在学校是只能一星期出来一次的，所以有一次我曾在一天内看了六个影片，这似乎使在中国的人难以相信，然而是千真万确的事实，那时上海大戏院早上有一班电影，还有那时的共舞台也曾一时放过电影而有一点钟的一班，加之三时、五时七时及九时各一班，共计六班，那天我拿了面包在电影院里咬，到晚上睡的时候眼睛已看的发花，几张片子的故事也都混不清楚了。把电影如此看法多少是一种变态，但平常我可把故事、分场、分镜都记得很清楚，每次看了回来我都一个一个镜头地讲给别人听，虽然我并不懂得什么 close-up，或 long shot 之类的术语，但我可也全身、半身地解释得很清楚，万一讲到一半而忘了，我会下次再去看一遍。这在当时是由于动作的学习，可成了以后我进电影界后所必须理解的所谓 montage 的基本认识了。至于发音部门的苦功，在有声电影成功以前我实在没有方法找到参考，只有暗自摸索摸索的，方法与结果，可借用洪深先生当时的批评抄在这里：

"还有那扮演桃痴的袁君，声音笑貌，都像老者，他的念词，能将著者译者之意，完全达出，有时声音真挚而沉痛，能强烈的刺激观者。我起先不知道他是谁，觉得他好，觉得他有研究，有训练而且富有天才，我十分惊异，到后台去了几次，不敢招呼他。后来戏毕卸装，一看是一位十几岁小孩子，本年夏间，他还打起了小喉咙，扮了女人，在商大扮演《惜春赋》的袁家莱（这是我本来的名字）。据他自己说，他的喉咙音近 Tenner，所以一方面每天吃鸡蛋豆腐浆一方面练唱 hass 使喉音降下去。他肯如此刻苦，无怪有相当的成功了。"

由对于戏剧之兴趣到对于戏剧成志愿之过程间，我同样地经过了对于自己能力的实验，给我以这种实验的是辛酉社。在那里我虽不敢说我证实了我在戏剧方面有绝对可以发展的能力，但至少是证实了我并非绝对没有发展的能力。同时我还感到戏剧与演讲并非绝对冲突的，而且多少还有一些相同的，至少是技巧方面的一部分。

在那时，我似乎是两种兴趣并行着，也似乎是两种志愿并行着，而事实上则是一个过渡期，那从我当时求知方面的转换倾向就可以看出来。譬如我最头痛是科学的课程，但对于解剖生理学我会发生了特殊的兴味，原因是与演剧的发音、动作、化妆都有关系，并且我还因而涉及到课外的各种解剖生理书，由此我后来无论被派到何种老头子角色，我有办法从剧本中知道了他的年龄而决定他的新陈代谢，知道了他的生活环境而决定他的营养优劣，我做这些角色的时候很像一个医生诊断病状一样地诊断的，所以我都可以用病理来解释我那些角色的演法，例如《怒吼吧中国》中老船夫的大脚疯是因为终年赤脚涉水使然的，《五奎桥》中周乡绅的握扁颤抖是因为多思索神经衰弱而致然的痉挛，《回春之曲》中华侨胡华生的大肚子是因为生活安闲不事劳动致然的。这是一部分，其他如关节之干涸程度，甚至于一根皱纹的画法我都得到过从解剖生理学所给我的方便。此外，还有化学与物理也是我所讨厌的课程，一年的化学课程中除了是到化验室去看变戏法，否则在讲堂中听讲时我未有不打瞌睡的；物理也如此，但是物理课的最后，讲到光、色、声的时候我却怎样也睡不着了，原因是这些又与戏剧发生了关系了。我那时的课外读物也都是戏剧直接间接的书籍，文学书籍也在那时爱好起来，而且我也时常试写写剧本和文艺品。这样，无形地，把兴趣已由演讲而偏向了戏剧，虽然想做演说家的志愿还并不完全地消散。

接着，我毕业了。

毕业后因于家庭及其他一些关系，不知怎地胡乱地进了法科，于是临时来一个志愿是将来做律师。

这志愿的由来，以我自己仔细地分析，是因为中学毕了业，一切的想念都比较着重于生活，我总想能从事于离我父亲或姐夫不远的事业，事实上也并非是我想，而是环境使然的。

谁知道这是一步错路呢？等我越想越错，自认是错尽错绝的时候，我情愿牺牲家庭以及遗产，由学校里偷偷地搬了出来，隔绝了一切亲戚，开始努力于写作生活了。

这样经过了一年之久而没有饿死，家庭方面当然也不能再有什么威权，于是我现在的名字也不再在亲戚间秘密，演剧也可以公开了。

是后，一直到现在，我的兴趣、志愿、生活是统一的。